随筆・巷《ちまた》ばなし

うちなぁ筆先三昧《ふでさきざんまい》

上原直彦

ボーダーインク

随筆・巻ばなし

うちなぁ筆先三昧

序　至福の「直彦ぶし」三昧を

宮城修（琉球新報文化部長）

『うちなぁ筆先三昧《ふでさきざんまい》』。沖縄をこよなく愛する上原直彦さんらしいタイトルだ。

上原直彦さんにぜひエッセイを連載してもらいたい。そんな突拍子もない企画をご本人に告げたのは、那覇市栄町の、とある居酒屋だった。しかも本記だけでなくコラムも添えて下さいという、厚かましいお願いを、ビールを飲みながらにこにこして聞いていた。はしごした店で三線まで披露してくれた。

ご自身はブログやフェイスブックを利用しているのに、どういう訳か、原稿をメールで送ってくれない。「民謡で今日拝なびら」の放送前、琉球放送に足を運び、ワープロ打ちされたあちこーこーの原稿を手渡される。「編集者の顔を見ながら仕事をしたいから」。その言葉にはっとさせられたことを思い出す。

放送前のわずかな時間は私にとって至福の時だった。泰然自若《たいぜんじじゃく》とした上原さんの口から、沖縄や人生に関する四方山《よもやま》話が次々とあふれてくる。ユーモアを交えながら、時に辛口、時に親が子に語るように。うんちくに耳を傾けながら、うちなーんちゅであることに誇りを感じたものだ。

放送間際で時間がなく、とうとう私までスタジオに入り、おなじみの軽妙な語りを聞きながら、原稿を確認したこともあった。

それにしても多くの引き出しを持っている方だ。その頃、人々は語り部(ストーリーテラー)から村の歴史や物語を口伝えで聞き、次世代に継承したという。さしずめ上原さんは現代の語り部なのだろう。

本書は琉球新報文化面に連載された「巷ばなし　筆先三昧」を基に一冊にまとめた。「ウチナーグチのある風景」「ウチナー乗り物記聞」「レトロ風おきなわ」「人生は旅のごとく」そして人物コラム「出逢い」で構成されている。チャンプルー、イリチー、ンブシーなど多彩で、あじくーたーな沖縄料理のように、多くの読者に「直彦ぶし」三昧の本書を堪能していただきたい。

＊本書は、琉球新報紙上にて二〇〇八年六月五日から二〇一〇年六月三日まで毎週連載された上原直彦「巷ばなし　筆先三昧」を再構成しまとめたものです。人名・地名・名称などについては原則的に掲載当時ものとします。

目次

第一章　ウチナーグチのある風景

第二章　ウチナー乗り物記聞

第三章　レトロ風おきなわ

第四章　人生は旅の如く

出逢い

縁は深きもの

撮影　國吉和夫

第一章
ウチナーグチのある風景

ウチナーグチ／実践こそ消滅の歯止め

やはりウチナーグチは、耳に快《こころよ》い。

うるま市与那城の故長濱昌吉さん（享年94）は、若い時から海を相手にしてきた生粋のウミンチュ（海人・漁師）。小型漁船を操って中部の東の海を知り尽くしていた。その昌吉翁が一日のウミワジャ（海業）を終えてユーバン（夕飯）をとるとき、食卓に載ったものが特別な料理ではなくても、おいしいと感じると決まって発する一言があった。

「喉《ぬーでぃー》 ぬ名護《なぐ》までぃ 有《あ》てーれーやーぁ！」

おいしいモノが通る喉《のど》が遠く北部の名護まであったら、この旨味《うまみ》を長く味わえるのにと願望したのである。理屈として人間の喉・食道が中部うるま市から北部名護市まであってはたまらないが、おいしいモノを長く味わいたいとするこの表現は、意を得て妙。最大級の形容と言えないだろうか。この一言を孫娘がしっかりと受け止めていて、祖父の思い出ばなしとともに語ってくれた。心の中が温かくなる思いで聞き都度、私も引用させてもらっている。

食べ物と言えば「高山切り落とぅし《こうざんちうし》」なる言葉に出合った。芋を煮て練り、さまして食する「ンムニー」を指している。戦前の旧制中学生あたりの造語と思われる。ンムニーは大抵は、スイカを切り分けるように三角形に切る。食べ易《やす》いからだ。その形を高い山になぞらえたのだ。日ごろ、白い飯を食しているだろうと思われている都会人も、内情は苦しくンムニーを食している。しかし、地方人と同水準視されたくない思いだけはあって、誇り高き首里那覇人《すいなふあちゅ》が苦し紛れに編み出した表現だろう。

また長年、青少年育成活動に関わり、自らも深夜徘徊をする青少年に声掛けを実践してきた沖縄芸能史及び風俗史研究家崎間麗進氏は、人通りの多い道端やコンビニの前にマーフィラキー(地面に尻をつけて坐る様)する少年少女の様子を見て言った。

「いくら流行《はや》りとは言え、まずみっともない。殊に女子が股を〝千貫《しんぐぁん》ハタカイ〟してはばからないのには、その子の行く末が案じられてならない」

※千貫ハタカイ。「千貫」は琉球王府時代の通貨単位。明治十二年の廃藩置県当時の日本の「二〇円」という大金。「ハタカイ」は、憚《はばか》りの意もあるが、ここでは羞恥《しゅうち》も惜しげもなく、おっぴろげている様を言い当てている。つまり、女子の一番大切なところを千貫に値するほど大ひろげしている「流行り」を嘆いているのだ。

「千貫《しんぐぁん》豚《うぁー》成《な》ち呉《くぃ》みそぉーり」

これは、千貫を引用した祈り言葉だ。戦前まで首里那覇の庶民も、専業の養豚家から乳離れしたばかりのアカラーウァー(幼豚)を預かるか、または買い取って育て、成豚にして出荷することを副業としていた。そのアカラーウァーを豚小屋に入れる際、辺りに御酒を撒《ま》き「大枚千貫で売れる成豚にして下さいますように」と、祈りを捧《ささ》げた。現在、もう人間の手には負えない大不況も、神仏の力を借りなければ早期回復は望めないのではあるまいか。

世界に約六千前後ある言語のうち、約二千五百語が消滅の危機にあり、その中には八重山語、与那国語など沖縄県内五地域の言語が含まれているという。これは、ユネスコの調査によるものと報道された。消滅するであろうと思われるのは、動植物だけではない。人間は言葉まで消滅に追い込んでいるのだ。

つい最近、那覇市の小学校三年生の少女新里ひかりさんから、鉛筆書きの手紙をもらった。注釈を入れるが出来るだけ原文のまま紹介しよう。

「お母さんは、沖縄人がウチナーグチをなくしてどうするッと言って、ひかりが小さいときから方言で話をしてきました。いまでも、妹とケンカをすると〝チョウデーやッ(兄弟・姉妹はッ)〟と、大きな声でどなります。ワタシは〝仲睦ちましく〟と答えて、ケンカをやめます。また、何かするとき〝できないッ!〟と言うとお母さんは〝なしば　なにぐとぅん(為せば何事も)〟とやさしく言います。ワタシは〝なゐるくとぅやしが(成ることだが)〟と答えて、もう一度〝やる〟ことにします」

〝為せば成る　為さねば成らぬ何事も　成らぬは人の為さぬなりけり〟と意味を同じくする琉歌を引用して、この親子は会話をしているようだ。こうした日常の家庭内でのウチナーグチの実践こそが、言語消滅の歯止めになると確信する。

カラビサー／生活感漂う沖縄語慣用句

近ごろは、はだしになったことも、はだしの人を見かけたこともない。

はだしは跣、跿、跣足、裸足、肌足、素足などの漢字があってそれぞれ使い分けているようだ。近年、生活道路そのものがアスファルト舗装され、土のそれが少なくなった今、はだしへの憧れではあるまいが、なんたらいうトレンド俳優は、靴下をはかないことで人気がありファッションにしている。湿度の高い沖縄では、靴下なしはお勧めできない。むしろ不衛生と目《もく》されるのがオチだろう。

ある男子高校生。五月初めの連休中、近くで一人暮らしをしている女《いなぐ》ファーフジ（祖母）を訪ねて、しばらく手入れをしていない庭や周辺の草むしりとソージカチ（掃除）をした。さっぱりと夏を迎えてもらおうという思い入れがあってのことだ。

体を動かしていると、額や背中に汗をにじませるには十分の陽気。ひとしきり手足を動かし、フーッと息を吐いて背筋を伸ばしたのを見計らったかのように、祖母の声が掛かった。

「オサム〜。ティーフィサ(手足)洗らてぃ　汗入《あしぃ》りれぇ〜」。

〝手足を洗って、ひと息入れなさい〟の声だった。「汗入りーん」は、汗をおさえる、拭くで小休止を意味する沖縄語慣用句だ。言われるままにして、風通しのいい縁側に坐ると祖母得意のフィラヤーチー(平焼き)がお茶とともに出てきた。いつ食べてもおいしい祖母の味。彼は一枚を一気に食したところでふと思った。

「手はよしとして、足を洗えとはこれ如何に。ちゃんとスニーカーをはいていて、足は汚れてないのに……」

これは、「汗をふいて、さっぱりなさい」の慣用句であって、かならずしも指摘された身体の部分をさすものではない。はだし生活のない若者には、ピンとはこなかったのも無理はない。

古代、一般庶民の住居は半地下室風に建てられた。屋根はキチ組み(小丸太組)の上を竹茅《かや》で葺《ふ》き、チニブと称するヤンバル竹を二重三重に編んだものを壁としていた。このような住居を「アナヤー」(穴屋)と言い、逆の真茅葺きもしくは瓦葺きの本格的木造家屋を「ヌチジャヤー」(貫木屋)と称した。穴屋から、床を張った家屋になるのは歴史的近年のこと。ウェーキンチュ(金持ち)でないかぎりムシル(筵)やタタン(畳)などの敷物はなくカラユカ(空床・板間)が普通。履き物もそうそう用いずカラビサー・カラフィサー(はだし)の暮らしの中、外から帰っても足は、フクター(ぼろ布)で拭いたり払ったりで常時、手足を洗うのは日常化していなかった。もちろん、井戸端やムラガー(村の共同井戸)や近くのクムイ(小堀)や川や湧水で身を清めたりしたのは言うまでもない。

明治十二年四月四日、琉球国が沖縄県になった、いわゆる廃藩置県以降になると「衛生観念の啓蒙」なる文字を都度、新聞紙上にみるようになり「裸足禁止令」も出された。

国頭村誌にも「明治四一年(一九〇八)。国頭青年会長に就任した鹿児島県人・国頭尋常高等小学校長有馬猛の指導により、裸足禁止・下駄履き励行を推進した。裸足は非衛生的であることを演説会を通して啓蒙につとめたが、すぐには実を結ばなかった」とある。

本土では、明治三四年ごろペストが発生。関係省庁は同年五月二九日「裸足禁止」を布令したと記録されている。当時の農漁村や東京の一般労働者は、ほとんど裸足だったという。

沖縄には、ずばり「裸足禁止の唄」という俗謡が生まれた。内容はこうだ。「紀元二千六百一年一月一日、裸足禁止令が出た。那覇の街中を裸足で歩くと罰せられる。守礼の邦の県民が裸足であっては恥。ムヌクーヤー(物乞い)と見なされ、犬にも吠えられる。隣組の組長さんよ。このことを組の人たちに周知徹底させて、文化沖縄の名を高めよう」。風俗改良運動のキャンペーンソングなのだ。

終戦直後の子どもたちは皆、裸足だった。私の場合、靴を履いたのは小学校四年生のころ。アジア救済連盟(LARA)から送られた通称〝ララの贈り物〟の靴を足にした。そのころわが家でも父母や姉たちが、石油ランプの灯を頼みにHBT(Herringdone Blouseand Trousers=杉板模様織りの略。米軍服の一種)を利用して、花柄など簡単な刺繍《ししゅう》をほどこした下駄の緒作りの内職をする日々が続いていた。

あえて裸足教育を実施している保育園もあると聞くが、件《くだん》の高校生はファーフジ孝行をしながら「ティーフィサ洗らゐん」という慣用句を学習して、新学期を楽しんでいるに違いない。

フィジ／「髭」昔から誇示していた権威の象徴

人それぞれだが、男は何のためにフィジ（髭《ひげ》）をたくわえるのか。

現代の若者たちは、ビジュアル感覚で髭のある顔を楽しんでいる。何のためになぞという詮索《せんさく》は無用なのかも知れない。強いて言えばライオンのたて髪と同じく髭は権威、威嚇そして存在を顕著にするためのもので、神武天皇の昔から意識的に誇示してきた伝統のように思える。

王府時代の狂歌にも髭は登場している。

〝ハナぬ御話や城内御免　髭ぬ御話や天下法度〟

歌意＝ハナは花。つまり、女性に関する話は御城内で交わすも自由。職務に支障のない限り、艶《つや》ばなしをしても咎《とが》めはない。はばからない。しかし、髭を話題に乗せるのは大いに慎むべし。城内では決して口にしてはならない。

何故か。王府時代、士族は二五歳にもなると、ウァフィジ（上髭。口髭）をたて、三〇歳を越えると顎《あご》髭を伸ばす慣習があった。義務づけではないが権威付けのためだった。でも士族、高官と言えども皆が皆、濃い髭が生えるとは限らない。殊に中国系久米村出身者の中には、遺伝子のなせる業か薄髭の方が多いと言われる。髭が権威のシンボルとされた時代のこと、髭の話をすると無髭の久米村系の上役の心証を害し、場合によっては覚えが悪くなり、出世に影響すると考えたのである。故に城内での髭の話は、やたらするものではない「天下法度」とされたのだ。

実際に明治、大正生まれの方々が第一線で活躍していた昭和二、三〇年代までは、髭をたくわえた政治家、実業家、学者、殊に校長が多かった。現在はかかるおエライ方も少なくなり、逆に二〇代を中心とする若者が髭を生やしている。ここにも時代の流れの現象が見えるように思えるが、これにあらがうように今でも「権威の髭」を堅持しているのは画家をはじめ芸術家として文化界をリードしている方々。文化人としての高邁《こうまい》な信念は曲げてはならないのだろう。

時代によって多少異なるが、王府時代の階級は国王を頂点に（王子は格別にして）親方部《うえーかた》・

親雲上《ぺーちん》・筑登之《ちくどぅん》・里之子《さとぅぬし》と続く。里之子は、士族の男子十七、八歳の若者が就き、髭はまだ生やさない。筑登之・親雲上に昇格して初めて口髭と顎髭の三髭をたくわえた。これを「ミフィジ」（三髭）と称した。

さらに出世して親方部になると三髭に加えて、もみあげの先端部を独立させる。つまり、三髭と合わせて、「イチフィジ」（五髭）を揃えて、階級の上下や権力・権威の格差が一目で判別できるようにした。今後、沖縄芝居の史劇ものを鑑賞する場合、髭の有り様に留意するとよい。身分、階級が一目瞭然である。

一方、各間切（いまの村・町にあたる）の番所役人の階級は、下から文子《ていくぐ》（一般職、主に書記）、掟《うっち》（区長）、捌理《さばくい》（幹部役人）、地頭代《ぢとぅでー》（村長）の順。間切内の統括はじめ実務を遂行するのは頭役だった。文子は若輩のため髭は生やさないが、地頭代・捌理・掟は髭をつけた。首里王府直属の役人であることを示すためと考えられる。もちろん、王府役職者のそれとは形を異にしたことは言うまでもない。

ここでも髭の有無は義務ではないが、中には生やしたくても生えない人もいて、肩身の狭い思いをしたとか。一般庶民はどうだったか。マメな人以外は不精髭の伸びるにまかせ、周囲から「あまりにもむさくるしい」と指摘されはじめて剃るのが普通だったそうな。

昭和二〇年代まででであろうか。煮芋や黒糖飴など、手から迂闊《うかつ》にも地面に落としたモノを「もったいないッ」と、拾って口にすると親は「フィジモウ(髭無)ないんどぉッ」(髭が生えなくなるぞッ)と叱りつけた。髭の権威に対する名残だ。また、わが子には立派な髭のあるエライ人になってほしいとする願望が働いていたようだ。

しかし、子どもには、地面に落として砂がついた芋にも飴にも未練がある。そこで即座に拾い、親の目のない所でフーフー息を吹きかけ、砂を落としてひそかに唱える。

「フィジ小《ぐゎぁ》 フィジ小 みーりよぉ」(髭さん髭さん! 生えておくれッ)

子どもながらも髭の効力を信じた出世願望があっての唱えだったのかも知れない。私も、この行為を幾度くり返したことか。おかげで顔中に濃い髭が生え長年維持しているが、世にいう立身出世とは、ほど遠い所で生きている。

毎朝、髭を剃る。水道の水と石鹸で事足りる。温水や髭剃りクリームなぞ滅多《めった》に使わない。鏡の中には精悍《せいかん》な髭面はあるものの、剃った後の面はどうもニヤ気ている。出世とほど遠いのは、どうやらこのニヤ気面がわざわいしているらしい。

ニービチ／様変わりの結婚披露宴

寅《とら》年になって、すでに三度も結婚披露宴に出席して馳走《ちそう》にあずかった。

沖縄の披露宴の招待客は、平均して二百人強。那覇市内のホテルは、向う数カ月は予約で埋まり、地方では公民館が利用されている。御祝儀は縁者は別として、通常一万円也。本土では三万円から五万円と聞くが、祝い事とは言え「勤め人には負担だろうなあ」と、人ごとながら気にしている。

沖縄本島では、結婚の総称を「ニービチ」という。民俗学者柳田國男は「メビキ(女引き)」の転語ではないかとしていて、宮古多良間島でも「メガピキ(女引き)」という例もあるようだ。また一方には、男女の独立を稲苗の株分けに例えて「根引き」とする説もある。根分けによる「新しい命の継承」を意味しているのだろう。

ひところの披露宴の開宴は、メンデルスゾーンやワグナーの「結婚行進曲」に乗って、新郎新婦が神妙な面持ちで入場して始まった。しかし、昨今は楽聖の名曲に代わって、なんともやかましい喧噪《けんそう》に近い、いやいやにぎやかなロックサウンドが誘導し、目に痛いほどの照明の中をお二人は入場する。表情はひところの〝神妙さ〟はなく、有名タレントに成りきり、きっちりとテレビの中のそれである。

司会者による両家の紹介。媒酌人・来賓・職場代表・友人の順で祝辞が述べられる。その合間は親類縁者や友人らが、ひと月余りも稽古を積んで仕込んだ余興でにぎわう。面白いのは、ロックサウンドで入場した新郎新婦と両家の親がひな壇に着席した後、すぐに鳴り出すのは三線。祝儀歌「かじゃでぃ風節」の歌と踊りを座開きにする慣例になっているからだ。それは今も昔も変わらない。そのことは、いかにも沖縄的でいささかの違和感もない。

余興も友人たちのあちらソングにダンス、こちらソング(島うた)に踊り。果ては寸劇やお盆の念仏踊りエイサーに、地域の民俗芸能があって、プログラムは参列者総出による即興舞いカチャーシーをフィナーレとする。二時間に納まればよし。たいていは三時間。ときには四時間に及ぶ。

ちなみに、沖縄の結婚披露宴に司会者が登場したのは、戦後間もない昭和二二、三年ごろ、石川（現うるま市）の部落集会所・村屋《むらやー》におけるそれだと言われている。司会を務めたのは当時、同地で歯科医院を開業していた小那覇全孝氏（一八九七〜一九六九）。小那覇氏はプロ顔負けの芸達者。自ら「ウナファ舞天《ブーテン》」を名乗り、敗戦の失意の底にあった人びとを漫談や三線片手の自作自演の芸で慰問した人物。結婚披露宴にとどまらず敬老会や各種祝賀会の司会業は、小那覇全孝氏に始まったとされる。

戦前、庶民のニービチは素朴な儀式だった。お披露目の日、男方の仏前に両家の親兄弟と血縁者が揃うと、まず仲人の口上。次いで一族の長老格のパーパーともハンシーともいう老女が、一同の前に出て「ミジュレー（水寄れー）」の儀を執り行う。これは男方の屋敷の井戸から汲んできた水をミームーク（新婿）、ミーユミ（新嫁）の額に撫でつける。水は一族の命の源であり、ミジュレーすることによって両家の深い縁結びを確固たるものにしたのである。

そして諸々の儀式をすませた後は祝宴になる。ここでも歌三線と踊り、空手、棒術、狂言など、心得のある者が次々と演じて座を華やかす。縁者や友人知人が多くて屋内に収容できない場合は、庭にニクブク（藁《わら》製の敷物）を敷いて宴席・演舞の場にした。

月が中天より西に傾き祝宴はすんでも、新郎新婦は解放されない。新婿の男友だちが隣家に「ムークヤドゥ（婿宿）」をあらかじめ設置。新婿を中心に朝まで酒盛りをする。いわば二次会だ。新嫁もまた「ティーフィチ ドゥシグァ（手引ち友小）」、つまり手をつないで遊んだ幼友だちや祝宴の手伝いをしてくれた女友だちと歓びを分かち合い朝を迎えた。それだけでは終わらない。二日目の夜も新婿は酒宴、新嫁はティーフィチ ドゥシグァに親戚の未婚の娘たちが加わって「チン ミシー（着物見しー）」をする。ニービチするにあたって自ら縫った着物を披露するのだ。たいていは二、三枚だが、未婚の娘たちの参考に供する意図があったようだ。したがって、新婿新嫁が水入らずの「ふたりだけの夜」になれるのは、披露宴から三日後になった。

来月もお呼ばれがある。招待状に「ご出席の皆さまの中からベストドレッサーを選出。［賞］を差し上げます。素敵な装いでのお越しをお待ちしています」とある。せいぜいスガッて（めかして）出席する。

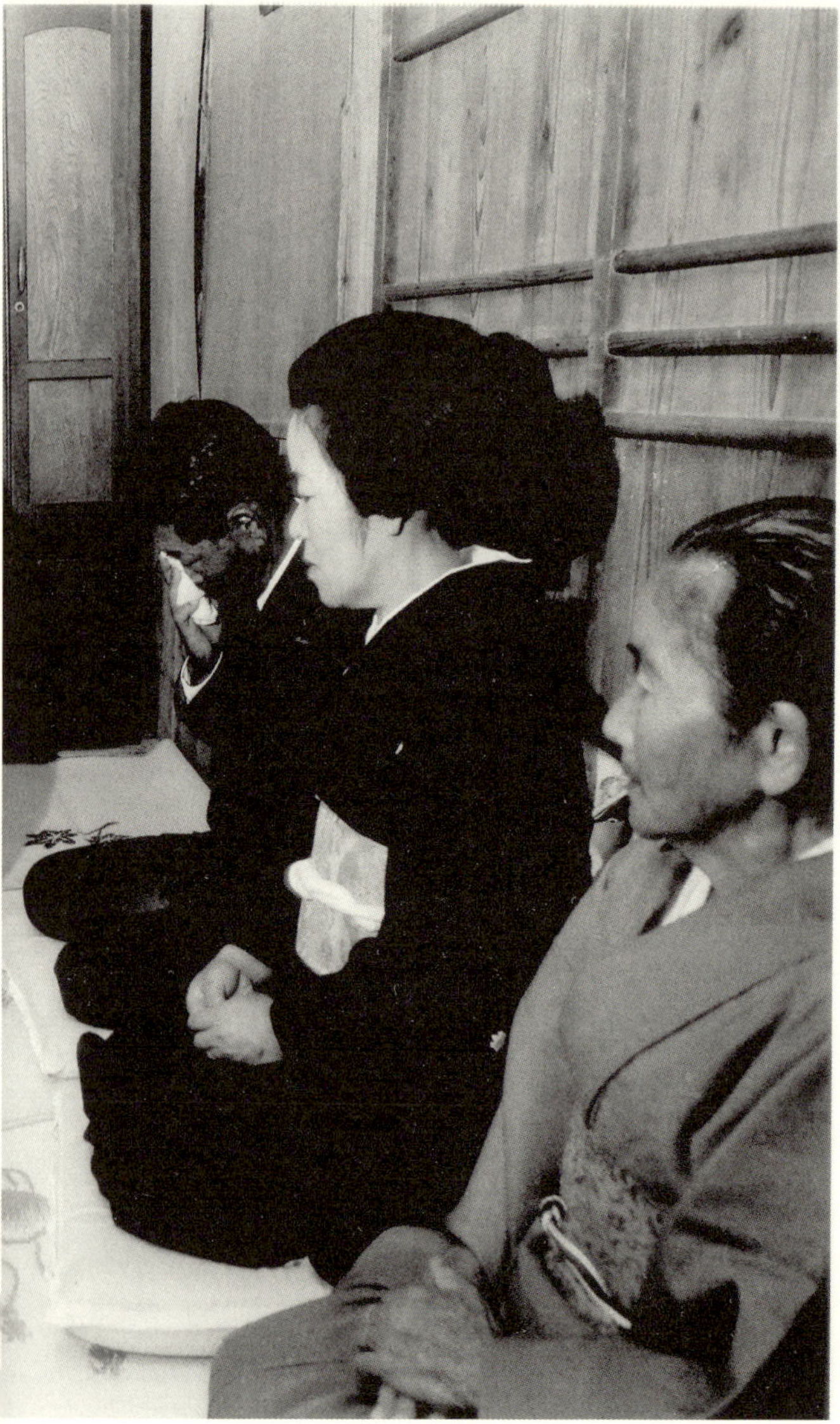

1970年代前半の自宅でのニービチ風景　撮影　國吉和夫

出産祝いのミーバサー／子孫繁栄の願い込め

姪や甥が結婚し、子を出産するようになった。

それどころか姪、甥の子たちが結婚するようになって大叔父の私は、結婚披露宴での乾杯の音頭取りや親戚謝辞をやらされ、それはそれで誇らしく役割を果たさせていただいている。

出産祝いは品物にするか、現金にするか。実用品、記念品、縁起物といろいろあるが、王府時代から明治、大正、昭和初期まで、食用のミーバサー(実芭蕉)の苗を携えて新生児の家を訪問し、屋敷内に植えてあげる祝い方があった。それは新築祝いにもなされたそうな。

沖縄には三種類の芭蕉がある。熱帯アジアやアフリカなどを原産地とする芭蕉は、東南アジア、中国を経由して移入されたと聞く。まず、繊維を採るための苧芭蕉(WUばさー・糸芭蕉）がその一。次にわれわれが普通に食用とする実芭蕉。そして、近世になって生花用や観賞用に、花芭蕉が栽培されるようになった。

苧芭蕉からは繊維を採り、晒《さら》して紡ぎ、糸にしてヤーマ（機・はた）に掛けて布にする。つまり、沖縄特産の芭蕉布《ばさーぬぬ》が出来、仕立てた物が芭蕉着物《ばさーぢん》である。きめ細やかに織り、素地を生かした白地や黒染めなどは士族の礼服。黄染め、青染めは晴れ着。他に紺染めのものは主に平民が着用した。また、荒い繊維で織られた物はいささか粗布で農民用。百姓《ひゃくしょう》着物《ぢん》と言った。

ちなみに、美声を「イーチュグィー（絹声）」、逆を「アラバサーグィー（荒芭蕉声）」と称したのは、織物が実生活の中で重視されていたことの証しから出た例え言葉だろう。

いまひとつの実芭蕉には当然、食用のバナナが生《な》る。バナナの沖縄語はバサナイ。ミカンや山桃など木になるもの、実を食するものを「ナイムン（生りもの）」と一括しているが、殊に実芭蕉を「バサナイギー」と称して「木」扱いをしている。実芭蕉が二～三メートルにも伸び、一～二メートルの大きく幅のある葉を広げる立ち姿から「木の仲間」にしたと思われるし、よほど珍重していたのだろう。

昨今、市場に出回っているバナナは、その多くは台湾産のようだが、商品にはならなくても、時たま口にする沖縄固有の島バサナイは、小ぶりながらも、ウチナーカジャー（沖緝的香り）がして美味で、胃の腑がすんなり承知してくれる。

出産祝いに実芭蕉の苗を贈ったのは、その一家が実芭蕉にあやかって生命力を保持し、ひと房にたくさんの実を結ぶ、子沢山・子孫繁栄の願いを込めてのことだ。

同様な意味合いをもって、出産祝いに作る料理に「ムジぬ汁」がある。ムジはターンム（田芋）の茎の意。豆腐や豚肉と共に味噌仕立てにした汁ものが、祝意を述べにきた来客や隣近所にふるまわれる。丁寧な家庭では、今でも作る料理のひとつだ。ムジぬ汁を出産祝いの料理にしたのは、田芋もまた一株に八〜十個、いや、それ以上の子芋を数珠《じゅず》のように結ぶことから実芭蕉と同じく子孫繁栄の縁起料理としたのである。

縁起ものとは異なるが、子はもうけたものの母乳の出が思わしくない場合、青いパパイアを細切りにして、豚足と共に煮て食するとよいとされる。また、パパイアとトーフぬカシー（豆腐の粕《かす》・おから）と、スルル（きびなご・小魚）の味噌汁も母乳の出を促進すると言う。

パパイアは農家ならずとも、一般の屋敷に庭木代わりに植えてあり、青いうちはシブイ（冬瓜・トウガン）、チンクヮー・ナンクヮー（南瓜・かぼちゃ）並みに食し、橙《だいだい》色に熟すると果物になる。夏場に冷やして口にすると美味で、メロンを越えていると私は思う。余談になるが、パパイアの沖縄名はパパヤー、もしくはパーパーヤーである。

さて。この春、友人のところに何人目かの孫が生まれた。故事にならってバサナイギーの苗を持参して祝意を表そうと思いついたが、孫のいる住まいはマンションで植えるスペースがない。ならばパーパーヤーの青物か、トーフぬカシー・豚足・スルルを持って行こうかとも……。

いやいや、いまどきのヤングママが母乳を与えているかどうか、つごうもあるだろうし、まして実芭蕉や田芋にあやかった「子沢山」を望んでいるかどうか、ちょいと思案するところ……。やたら故事を引き出して嫌われるのもたまらない。結局は、それなりの現金を包んで行くことになるだろう。

それでも、高齢化は深刻に進み、逆に少子化社会ができあがった現在、ニッポン国の将来のためにも、身近に新生児誕生の知らせを受けると、これはもう「朗報」で心は和み、夢と希望がわいてくる。こちらとしても、老体に鞭《むち》打って気張らなければならない。

ムシルぴ～ち／優しい声掛けを

ベビーベッドに寝かせた赤子が泣くと、ベッドに仕組まれたセンサーが作動。ベビーベッド自体が右に左に〝ゆりかご〟のように揺れ動き、赤子を再び快い眠りに誘う育児用具が売り出されたそうな。「家事の手をゆるめず、ママは安心して仕事ができる」というのが、売りの文句。しかも、赤子の泣き声以外には反応しないというすぐれモノ。

このニュースに接して、へそ曲がりの私は「これでママは、安心してパチンコに専念できるわけだ」とコメントして、周囲の働くママたちににらみつけられた。さもありなん。沖縄には、そんなママはひとりもいまい。

ベビーベッドが普及して、いまでは畳や筵《むしろ》の上に赤子を寝かせていたかつての風景は、とんと見かけなくなった。でも、文明の利器センサーまかせの育児に、なにかしら侘《わび》しさを覚えるのは、私が時代を読み取れなくなっているのだろうか。そこで思い出すのは、昔びとが実践した育児に関する俗語。

「赤《あか》ん子ぬ　頭《くぁー》ぬ上《ちぶる》からぁ　歩《あ》っくな」（寝ている赤子の頭の辺りからは歩くな。通るな）

心ならずも寝ている子の頭部を蹴ったり、物を落としたりする危険を防止するためだけの戒めではない。いまは意思表示もままならない赤子も、長じて世のため人のために尽くす賢者になるかも知れない。また、なべての親はそれを望んでいる。つまり、将来の賢者の人格を尊重した、大人の優しいことばとは言えまいか。そして、「童神《わらびがみ》」のことば通り、赤子には純真と善行を司る神が宿っているとしてきたのである。

頭と言えば、われわれの習慣では幼児に接すると「ああ、かわいいッ」の声掛けとともに、頭をなでるのが普通。しかし、インドやミャンマーなどの仏教国では、幼児のみならず、人の頭部に触れる行為は法度と聞く。仏は人間の頭に宿ると信じられていて、直接触れることは好まれない。われわれの間では赤子、幼児への優しさの行為も、所変われば品変わりのことば通り、仏教国では決してしてはならないそれとなる。このことは心得ていなければなるまい。

また、赤子が筵《むしろ》の上に寝ていたとする。その部屋を片付けるため、寝位置を移動する場合、抱き上げて、目覚めさせないようにと筵をそっと引きながら小声で唱える。

「ムシル引《び》〜ち……ムシル〜ち……ムシルび〜ち」

これである。（ちょっと動かしますよ。ネー「地震」ではありませんよ。筵を引いているだけだから、驚かないでネ。泣いちゃだめだョ）。この親の大人の優しい心情は、赤子にちゃんと通じてスヤスヤの寝息が乱れることはない。さらに、赤子が起きていても寝ていても、おんぶや抱っこを代わる場合、受け取る人は男、女問わず「アンマーとぅ　アンマーとぅ」の声を発した。

「あなたをおんぶや抱っこするのは余人では決してありませんよ。ママですよ。母さん同様のわたしですよ」と安心させるための唱えである。母のふところの温もりが、赤子にとっては一番心地よい。この優しいことばも、確かな情愛をもって赤子に伝わるに違いない。

「最近は、優しいことばの掛け合いが親子間に欠如している」と、ある教育者は語っている。大人も若者もコミュニケーションの取り方が下手と言うか、知らないままに実生活をしていると言われる。そのせいか親が子を、子が親を無造作にあやめてしまう事件が頻発している。悲しいことだ。

イスラエルの企業が、犬の鳴き声で不審者を見張る警報システムを開発したそうな。犬は、嗅覚や聴覚などがすぐれていることは知られているが、危険を察知して警戒する能力はほとんど活用されていないのに目をつけ、犬の三五〇通りの吠え方を分析。脅威を感じた際に吠える声は、種類に関わらず同じであることを突き止めた研究成果によるもの。この警報システムは、番犬がわけもなく吠えているだけなのか、危険を察知してのそれなのかを聞き分けて、見張りに活用するとしている。

昨今の行く末定まらない世の中では、センサー付のベビーベッドも犬の鳴き声を分析して警報器にするのも結構だが、その前に赤子や幼児、青少年がいま、どんな警報を鳴らしているか、「SOSを発しているのかを知ることが先ではなかろうか。「ムシルび〜ち」や「アンマーとぅ」を常に実践していた昔の大人の優しいことばから、学べるものはないか。日本や沖縄は言うに及ばず、洋の東西どこでも歌われている子守唄から、このことを学び取るのもいいかも知れない。

古馴染みの友人は、娘がアメリカ人と結婚。かの地生まれの孫ができたのを機に英会話の勉強を始めた。彼曰く。

「孫と、ある程度はイングリッシュでスピーキングしたいからね」

ムシルぬ綾／「古諺」世に連れ価値観も変化

「美術」に接するのは、中学生になってからのことだった。

それまでは「図画・工作」の授業がもっぱら。屁理屈のひとつやふたつは言えるようになったころの「美術」との出逢いは、なんと感動的だったことか。自分が賢くなったような気がした。セザンヌ、マネー、ゴッホ、ゴーギャン、点描のスーラ。梅原龍三郎、村山槐多、岸田劉生などなどの名前と作品名を必死に覚え〝賢くなる〟ことに磨きをかけた。

それらを教えて下さったのは知花俊夫先生。先生は教科書のほかに、沖縄画壇の南風原朝光、名渡山愛順、玉那覇正吉、大嶺政寛、金城安太郎、島田寛平らについても熱っぽく語っておられた。この方々は当時、現役バリバリ。知花先生も戦後の混乱期に精力的な創造を続ける画家たちに共感して、青少年のボクたちにも「文化」なるものを伝えたかったに違いない。

知花先生はまた、所有の画集も見せて下さった。それには絵画とともに北イタリア・トスカナ州の古都ピサの大聖堂付属の鐘塔「ピサの斜塔」の写真もあった。そこで少年は見た通りの感想を述べる。

「先生！　この建物はマガっている！」

先生は、やさしく答えて曰く「これは曲がっているのではなく意図があって、高さ約五五メートルの垂直線から、わざわざ約五メートル傾斜させて造ったんだよ」。それがガリレオの落体の実験であることを知るのは、ずっと後年になってからだ。「ピサの傾斜はいつか倒れはしないか」と、少年は夜もおちおち眠れなかった。加えて「曲がっている」「歪《ゆが》んでいる」「傾いている」の言葉の使い分けをも沖縄口をまじえて教えて下さったのは、大正生まれの知花先生が方言にも通じていたのだろうと、いまごろになって気づくのである。

沖縄口の場合、私だけかもしれないが「マガとーん＝曲がっている」「カタンちょーん＝傾いている」「ユガどーん＝歪んでいる」を咄嗟《とっさ》に紛れて、同義語として発することがある。これらも「十分使い分けなければならないなア」と思いながら「マガキ＝曲がり」にちなむ古諺《こげん》が頭をかすめた。

「木《きぃー》ぬ曲《まが》ゐや使《ち》かぁりーしが　人ぬ曲ゐや使かぁらん」

これである。曲がった木は具合によって鋤《すき》、鍬《くわ》の柄など農具や生活用品を作るのに使える。ところが、心の曲がった者、素直さを欠いたひねくれ者は、使いようがないと言い当てている。また「肝《ちむ》ぬ曲ゐや　酒《さき》かきれー直《のー》ゐん」と言い、多少の不機嫌は美酒を一杯飲み交わせば心をひらき仲よくなれるという古諺もある。

もの心ついたころから都度、おふくろに言われた言葉がある。「人間は、陰日なたなく〝ムシルぬ綾《あや》〟の如《ごと》く、まっすぐ生きよ」。しかし省みるに、おふくろの教訓通りに生きてきたか……。どうにも自信がない。

待て。ここまで書いて困惑することがある。

ウチナーグチは文化であるとして、普及運動が展開されている。このことには双手《もろて》をあげて同意。微力ながら「ことばの勉強会」を週一回開いて、沖縄口・大和口を対比し、楽しみ続けて十年以上たった。その中で痛感するのだが、前述の諺を説明するにも鋤《すき》、鍬《くわ》、鎌《かま》の単語は知っていても実物を見たことも、まして触ったこともない世代が多くなっているのだ。筵（ムシル。茣蓙《ござ》）さえ「わが家はフローリング。それらはありません」とくる。

こうなると「筵の綾」（縫い合わせの直線）なぞを持ち出した諺は、実感しにくいだろう。こうした場面では、かつてはこうした農具、家具があったことを説明、物によっては実物を提示して認識してもらうようにしている。

このことは、決して若い世代の責任ではあるまい。われわれは、より便利な新しいモノを求めて、それを実現してきた。その結果として、かつてのモノや言葉を失っただけではなかろうか。温故知新の意味を理解するまでには、経験の積み重ねが重要。若い世代には「故・古」が少なく、目は「新」のみに向いているのが現状。だからと言って放っておけと、無関心を決め込むわけにもいくまい。経験者は経験が不足しているモノに対して、新旧問わずモノの実態を語る義務があるように思える。ちょっと、クサムヌキー（屁理屈物言い様のさま。知ったかぶり）に過ぎたか。乞う容赦。

世の中は善かれ悪しかれ変わる。伴って人の有り様も変わる。古諺の教訓も価値観もどんどん変わる。その中で音を立てて消滅する古いモノを蘇らせるのは至難である。五〇年で失ったモノは、百年掛けなければ取り戻せないという。ならば、いま失いつつあるモノは、百年掛けて一個でも二個でも取り戻したいと努力しているしだい。またぞろ、クサムヌキー。再び乞う容赦。

朝寝貧相　昼寝病え／いずれの馬を選ぶか

俗言に曰く。

「朝寝《あさに》貧相《ふぃんすう》　昼寝病《ふぃんにやんめ》え」

貧相の漢字には「貧素」を見ることもあり、貧乏を意味している。勤労を怠り、朝寝を好む者はすぐに窮乏に陥る。昼寝ばかりをしてフユー(怠慢)する者は、病をつくると説いている。

週に五日はよく働き、土曜日曜にするから、朝寝昼寝は、疲労回復・ストレス解消効果もあるというもの。朝寝昼寝を日常化してしまうと貧相、病を招くのは当然だろう。「果報は寝て待て」の慣用句も心得てはいるが、ウェーキ神(富貴神・福の神)もフィンスー神(貧乏神）も、実はどこの家庭にも同居していらっしゃるそうで、いずれの神と親しくおつき合いするかは、その家人の心得ひとつと思われる。

昔むかし。ある所に住まいする夫婦。子沢山ながら働く意欲に欠け、朝寝昼寝を常としていたそうな。ウェーキ神は、働き者の家にしか滞在せず、この夫婦の家にはすでにいない。居着いているのはフィンスー神だけだった。しかし、この貧乏神ですら居心地が悪い家庭に呆れ返って、夫婦に申し入れた。

「とりつく甲斐もないこの家を今日限り、出て行くことにする。これまで世話になったことだから、お礼にいいことを教えよう。三日後を初日にして三日間の早朝、この家の前を三頭の馬が通る。初日の馬の鞍《くら》には、黄金袋が積まれている。二日目の馬の鞍には銀袋だ。いずれも、お前たちが働かなくても一生楽に暮らせるお宝。黄金袋にするか、銀袋にするか。二頭とも引き止めて自分のモノにしてよい。では、さらばじゃ」

そう告げて貧乏神はスタコラ出て行った。夫婦は「まさに果報は寝て待てだ。この三日間だけは昼寝はしても朝寝はせず、金銀袋をモノにしよう」と意気込んだ。

いよいよ三日後の朝がきた。貧乏神の言葉通り、ウェーキ神の乗った馬についてくるもう一頭の馬の鞍には、いかにも重そうな黄金袋が積まれている。しかし、身についた習慣とは恐ろしい。朝寝昼寝を常習してきた夫婦は、起きることを知らない。ハッと気づいて表に出たときは、辺りはすっかり明るい。もちろん、黄金袋は通り過ぎたあと……。

「仕方がない。黄金は取り損ねたが、明朝は早起きして銀を手に入れればいい」と、夫婦はすぐに昼寝をした。しかし、翌朝も習慣性が災いして早起きなぞできない。朝寝の夢の中で銀袋を見ただけでまたぞろ、ウェーキ神も銀袋を積んだ馬も通過させてしまった。それでも夫婦は、都合のいい会話をする。

「フィンスー神は、確か〝三日間〟と言ったよね。初日の黄金袋、二日目の銀袋の馬も逃がしてしまったが、三日目の馬だけは逃がすまい。寝ずに夜明けを待とうではないか。それなりのお宝が得られよう」

夫婦は、昼寝をたっぷりすると真夜中には起きて、日の出を待った。眠い目をこすりながら、三頭目の馬のやってくるのを待った。果たしてその時がきた。遠くから馬の蹄《ひづめ》の音がする。

「遂にやったぞッ！　今度こそはのがすまいッ。馬のムゲー(口にはめたクツワ)をつかまえたら、すぐに家の戸口に引き入れるのだぞッ」

打ち合わせは万端。夫婦は躍る胸の高鳴りを鎮めようともせず、朝霧の向こうをうかがった。すると、夫婦の期待は裏切られることなく、馬が姿を現した。夫婦は「ソレッ」の気合いとともに馬に駆け寄って、ムゲーをつかむと、家の戸口の前に引き入れた。

「やったぞッ。これで貧乏暮らしともおさらばだ。またまた一家して朝寝昼寝ができるわいッ」

快哉《かいさい》を叫んだ夫婦は、嬉々として馬上を見上げた。そして腰を抜かした。馬上にあったのは黄金袋でもなければ銀袋でもない。六日前に出て行ったおなじみのフィンスー神が乗っていて、ニッコリ笑って言った。「ハイ！　また世話になりますよ」。

国民は朝寝昼寝など決してしていない。貧相も好まない。まして病などさらさら好まない。晴れて衆議院議員選挙を勝ち抜いて、赤いジュータンの館入りした方々は、果たしてウェーキ神かフィンスー神か。国民はよくよく正体を見極めなければならない。件《くだん》の夫婦が読んだのではあるまいが「世の中は寝るより楽はなかりけり　浮世の馬鹿よ起きて起きて働け」意識が普通になってしまっては、日本には「貧相と病ぇ」しか残らない。

験《げん》を担ぐ／迷信を信じるゆとり

世界陸上一〇〇メートル。ジャマイカのウサイン・ボルト選手が九秒五八の世界記録を樹立(二〇〇八年)。

「すごいッ。人間の肉体と精神は、無限の可能性を秘めている」と称賛するか「そんなに速く走ってどうするの。もっと、ゆったり生きようよ」とするか。それは人それぞれの人生観によるだろう。

その世界記録を職場でテレビ観戦しながら、仕事仲間の森根尚美さんは真顔で語った。

「ほんとうに私、走るのが遅いのです。少女のころは、生まれつきなのだとあきらめていましたが、実は足の遅さには思いあたるフシがあるのです」

彼女は小学校六年間を通して、運動会の「かけっこ」は決まってビリ。この現実に落ち込んでいる孫娘を見かねて祖父長濱昌吉さんは、ある秘伝を授けた。

「尚美。昔からンマヌクスー(馬糞)を踏むと足が速くなると言われている。運動会の前にそれを踏んでおくがいい」

幸い少女の生まれ育ったうるま市与那城屋慶名は半農半漁村。ユマングィ(夕間暮れ)になると、家路につく牛や馬が農道を通っている。

祖父の教え通り少女は農道に出て、それらしきモノを右足で踏んだ。もちろん、裸足《はだし》でなければご利益はない。感触のいいモノではなかったが、祖父の言葉通り何やら手応え、いや、足応えがあった。

「右足だけ速くなってはバランスがとれないッ」。賢くもそう判断した少女は、さらに二メートルほど先の道中に、形よく山盛りされたモノを左足で踏んだ。まだ生温かい。両足はみるみる「踏ん張り力」がついてくる。自信を得た少女は「この闘志はどんな馬がくれたのか」と、興味津々。忍者よろしく、そのモノを目安に追跡をした。そして遂にモノの主を目にしたのである。しかし、前方を行くのは野良帰りの馬ならぬ牛だった。

「サラブレッドの足になるつもりが、牛歩になってしまい運動会のビリの地位を他にゆずることはありませんでした」

民間にはゲンかつぎ、縁起付けは多々ある。

「蟻を噛むと美声になる」もそのひとつだ。蟻の沖縄口はアイ、もしくはアイコー。世界には、四千種以上が分布。沖縄では一一〇種余が確認されているそうな。その中でも「美声の素」は赤アリとされている。私が少年のころ、学芸会でいつも独唱をする當山みさ子という少女がいた。奇しくも、美空ひばりと年齢を同じくしていて「みさチャンは朝夕、赤アリを四、五匹噛んでいる」と、噂《うわさ》されていた。

唄うことの好きな直彦少年も、同級生の誰よりも美声を発したく、密かに赤アリの常食を怠らなかった。確かに効果はあった。クリスマスには近くの教会にスカウトされて、聖歌隊員になったのが何よりの証拠だ。

「家の中に野鳥が迷い込むと厄」

風の中を自由に飛んでいる野鳥が、人間の住む家屋内に入るのはいかにも不自然。そのことから「厄。不吉」とする観念が生まれたと思われる。田里朝直(一七〇三〜一七七三)作・組踊「万歳敵討《まんざいていちうち》」にも、この例は用いられている。

【あらすじ】士族高平良は、同輩の大謝名の持ち馬に羨望《せんぼう》の念をつのらせ、譲り受けを申し出るが断られる。その「馬遺恨」が動機になって高平良は、大謝名を刃にかける。武士社会の習慣として、肉親を討たれた者は仇討《あだう》ちをしなければならない。大謝名の嫡男謝名は、仏門に入り慶運と名乗っている弟と共に、仇討ちの機会を窺《うかが》う。一方の高平良は、家に籠《こ》もる日々を送っていたが、家の中に野鳥が迷い込み、仏壇の辺りを離れようとしないのを不吉として家人、家来を伴って小湾浜（現浦添市）に出、厄落としの宴を張る。京太郎《ちょんだらー》に身を変えて高平良の動向を探っていた謝名兄弟は、この時とばかり乗り込んで本懐を遂げる。

物語は五段から成っているが四段目で、謝名兄弟が小湾浜に向かう道行きの場は、後に抜粋されて「高平良万歳《たかでーらまんざい》」として、現在でも演目になっている。

「ゲンかつぎ・縁起付け」の例。

「夜、わけもなく犬が立《た》ち鳴《な》ち（遠吠え）するのは、ヤナムン（魔物）が徘徊《はいかい》している知らせ」この魔物を祓《はら》うには、寝ている豚を棒などで突っつき起こして、思い切り悲鳴を上げさせるとよい。ヤナムンは豚の悲鳴に弱い。

多々伝えられるこれらは迷信には違いないが、科学万能の世の中にあっても、ちょっとだけ信じてみる「ゆとり」を持ちたいと思うのだが……如何《いかが》。

ガジャンビラのふるさと自慢／この坂は「蚊」にあらず

高速道路を北に向かい、沖縄北ＩＣ（インターチェンジ）を出た真向かいに「にーぶんじゃー窯」の看板を見ることができる。

「にーぶんじゃー」は、地名登川《のぼりかわ》の方言読み。「ぬぶんじゃぁ」とも言う。王府時代は越来間切、後の一六六六年からは美里間切になっている。現在は沖縄市。かつての登川村は、隣接する池原村から七世帯が移住して成立したと伝えられる。天願川支流の兼箇段川流域に位置するだけに、水に恵まれていた。

「にーぶんじゃー」の名称は、登川村の共同井戸に由来。その井戸は、釣瓶《つるべ》で汲み上げるのではなく、ニーブ（柄杓《ひしゃく》）で汲むことができた。このことから「ニーブ井戸・にーぶんじゃー」と呼ばれるようになったという俗説がある。真偽はともかくとして、こうした地域特有の地名の俗称は温《ぬく》もりがあって良い。

二〇〇九年八月十九日。局地的集中豪雨で四人の犠牲者を出した那覇市の「ガーブ川」という名称。もともとは「ガーブー」と称したが、沖縄方言特有の語尾を延ばす発音を活字化するうちに「ガーブ」になってしまった。漢字では「我謝川」と書き、現在の公設市場界隈《かいわい》の一部が、我謝《がじゃ》某の所有地だったことによる名称とする説がある。ガーブ川は、那覇市上間一帯の湧水を源流とし、真和志・与儀・安里の一部を流れ、十貫瀬で久茂地川と合流する延長約三六三〇メートルにおよぶ。戦後、湿原地だった我謝川沿いが商業地、住宅地として急激に開発されたためか流れが悪くなり、台風や豪雨のたびに氾濫《はんらん》。牧志公設市場や神里原一帯は、浸水被害に遭ってきた。

気象情報会社ウェザーニュースによると、事故が起きた八月一九日にも、午前十一時五七分と午後一時五分に二回「那覇市にゲリラ雷雨の可能性あり」との情報メールを送信していたという。

さて。話を地名に戻そう。

「ガジャンビラ」とは、これ如何《いか》に。

那覇市の垣花と小禄を分ける坂道の名称（ビラ＝坂）。蚊の方言名を「ガジャン」と言うところから、この名称の由来ばなしがある。

昔、中国交易が盛んだったころ中国へ渡った人物が、今まで見たこともない昆虫を目にした。「これは珍しい」と、十数匹か数はともかくこれを採集。器に入れて持ち帰った。唐船は那覇港に着き、皆への自慢ばなしを楽しみに下船したのだが、この人物、坂道にさしかかった際、何かの拍子に器を落とし、中の昆虫をすべて逃がしてしまった。後にこれが蚊（ガジャン）であることが判明。琉球におけるガジャンの発祥地としてこの坂道を「ガジャンビラ」と称するようになったという。

しかし、昔ばなしとしては面白いが、私個人はこの巷説には双手《もろて》を挙げて異論を唱えたい。何故ならば、この坂の登り口近くに私は生まれているからだ。愛するわが故郷垣花が、ガジャン発祥の地と歴史に刻まれてはたまらない。なにせガジャンビラは明治四一年（一九〇八）ごろ、那覇と糸満を結ぶ県道（現国道331号）開通とともに交通の要になった地。それを害虫中の害虫ガジャンふぜいと関わり呼ぶことが我慢ならない。いや、許せない。

しかもこの一帯は儀間村と言い、琉球の産業の父儀間真常（一五五七～一六四四）の生誕地であることを承知でガジャン発祥の地呼ばわりをするのか。俗謡「三村ぶし」に、♪小禄、豊見城、垣花三村……と歌われ、琉球織物を興した「わが垣花」なのだ。しつこいようだがガジャンは同音ではあっても「蚊」にあらず「我謝」。したがって「我謝坂」の方言読みが「ガジャンビラ」なのだ。

また、この一帯は「筆架山」の古称のある丘陵地だったが、時代とともに平坦化されて人口が増加。大正七年に糸満馬車軌道が開通。地内には郵便局、県立水産試験場、織物工場、市場、造船所、醤油造り、酒造り、鍛冶《かじ》屋などが盛況をきわめ、住吉・垣花・山下のいわゆる垣花三村は活気に溢れていた。しかし、昭和十九年十月十日の米空軍による空襲によって街全体が焼亡。戦後は米軍に接収され、カチヌハナンチュ(垣花人)は避難先から帰郷しても定住できず、那覇市内の各地に離散している。

カチヌハナンチュの気質はと言えば、声が大きく世辞が下手でインパクトの強い話しぶりをする。したがってウソがつけない無器用な性格。腹にモノをためることができず、内緒ばなしなぞ半日も持たない。「誰にも言うなよッ」が通用しないのである。

ここまで「ふるさと自慢」をすると、チェッ！と舌打ちをする向きもあろうが、それを毛頭気にしないのも垣花気質。ふるさとは、多少ホラをまじえても誇りにしたい。

国頭・桃原にて　　　撮影　國吉和夫

第二章

ウチナー乗り物記聞

なぜハンググライダー／多野岳で毎年競技大会

「およそ車なるものは、乗るためのものであって自ら運転するものではない」

運転免許証を持たない、いや、それを正当化するための持論である。したがって、どこへ行くにも免許保持者が前か横にいる。いまでもゴルフに出掛けるときは、先輩後輩問わず同行者の送迎を受けている。

かつて「サンダース」と称する社内コンペが盛んなころ、早朝にもかかわらず当時、琉球放送の専務だった村上繁氏がハンドルを握る車の後部座席にゆったり座りの往復で月例コンペを楽しんでいた。後部座席に座るのは、意識的ではもちろんなく、助手席に村上専務のゴルフグッズが置かれていることによるものだが、上司はじめ周囲からは「制作部長ふぜいが、こともあろうに専務の送迎を受けるとは不遜《ふそん》なり！」の批判しきり。しかし、村上専務は「それでよい。運転が好きだから。それに上原くんちは、わが家の五軒先。いわば隣人だもん」と、寛大にかばって下さった。その村上氏は現在、生まれ故郷の長崎にいらっしゃる。

過日、例によって友人の車の助手席で足を組み、ヤンバル散策をした。帰路は高速道路に乗ることになり、許田IC（インターチェンジ）に入った。沖縄自動車道は、名護市許田ICから那覇市首里ICを結ぶ五七・三キロを走る国道である。もっとも、さらに西原ICと接続する那覇空港自動車道が、南風原町を経て豊見城市平良へ通じるべく建設中なのは周知の通り。（＊注　二〇〇八年開通）

高速道路は、一九七二年の日本復帰を記念して開催された「沖縄国際海洋博覧会」の事業として、まず七五年五月二〇日、許田IC〜石川IC間、二五・九キロの一般国道329号が開通。その道程には許田から九・二キロに金武IC。伊芸サービスエリアをはさんで三・二キロの屋嘉ICを経て石川ICに至る。その後、八七年十月八日石川IC〜那覇ICが開通。さらに二〇〇〇年六月二八日、西原JCT（ジャンクション）の開業によって、沖縄本島も南北往来が楽になっている。

少し整理してみると、沖縄自動車道は、北から名護市許田〜宜野座村〜金武町金武・屋嘉〜うるま市石川〜沖縄市北〜沖縄市南〜北中城村〜浦添市〜那覇市首里の十カ所のI

C。さらに西原JCTから南へ分岐する那覇空港自動車道の南風原町ICが開通。その先に豊見城平良・名嘉地および豊見城トンネルを連結して那覇空港への延長道路の工事がすめられている。

高速道路利用者は、すでにお気づきだろうが南進北進問わず、各ICが近くなると目につくものがある。それは所在市町村の名所、旧跡、歴史、観光地を描いた看板・イメージパネルだ。運転者は前方注視に神経を集中させているから、目には入ってもそれほど関心しないかも知れない。しかし、助手席の非運転者はヒマで仕方がない。せいぜいカーラジオを聞くか、埒《らち》もない世間ばなしをして運転者の集中力を阻害するか、タバコを吸っては口笛を吹くか、あるいは、これが嫌われるのだが、サウンド入りの舟を漕《こ》いでいるかだ。

そこで非運転者は「ヒマ」を「有意義」に転換して、パネルの図柄の採用理由を解明することにした。夏休みの児童生徒の「自由研究」よろしく、それはひと月余かけて高速自動車道を延べ三人の運転者を動員しての往復になった。

自由研究発表その（1）許田ICの「ハンググライダー」。

北部には、ヤンバルクイナの生息地、本島北端の辺戸岬、ミカンなど特産地、世界遺産の今帰仁城跡などなど見どころは多いのに、なぜハンググライダーなのか。

理由は、名護市には沖縄の代表的な山のひとつ標高三八五メートルの「多野岳」があり、その山頂では毎年、全国ハンググライダー競技大会が開催されている。亜熱帯樹の生い茂る山々、青空に飛び立てば眼下には珊瑚礁、ジュゴンが遊ぶ海。しかも左右に目をやれば東の海と西の海を同時に見ることができるとあっては、全国の鳥人たちを魅了するに十分である。そこで当局も踏み切った。「新たな観光スポットとして売り出そう」。こうした意図があって許田ＩＣのパネルは「ハンググライダー」を採用するに至ったと聞いている。

沖縄の夏。昼間はまだ三二、三度の日々だが「エイサーの歌三線、島太鼓の音が遠のくにつれて朝夕は時折、微《かす》かな涼風を感じるようになる」と言われている。確かに早朝の気温は、０コンマ何度か、低くなる日がある。

「自由研究」も先を急ぎたいが、車の燃料切れならぬ紙面のスペースはここまで。十二カ所のパネルを確認する道中は長い。ひとまず名護を後にして、次回は宜野座村〜金武町の風に吹かれることにする。

京太郎、獅子舞と鍾乳洞／宜野座村、金武町で避難体験思う

沖縄自動車道（高速道路）を走る。

前回、名護市許田IC（インターチェンジ）から南の那覇市首里ICまで延長五七・三キロを走り、その間にあるIC入り口に掲示された所在地のイメージパネルを見て回っている。許田ICの「ハンググライダー」に見送られて九・二キロ行くと「京太郎・獅子舞」のパネルを見ることができる。宜野座ICだ。

宜野座は、昭和二一年四月一日、金武村（当時）から分村して成立。村花＝ツツジ、村木＝リュウキュウマツ、村鳥＝メジロ（方言名ソーミナー）、村魚＝ハタ（方言名ミーバイ）。京太郎《ちょんだらー》は、一六〇〇年ごろ、京都からやってきた太郎と名乗る男で、その子が首里城下の安仁屋《あんにゃ》村（現汀良町）に定住して念仏踊りや人形芝居、鳥刺し舞などの門付けを生業としていた。彼らの行動範囲は首里周辺にとどまらず、中北部に及び、殊に法事のある家に雇われて演

じた供養のための念仏踊りはエイサーの原型と言われている。

一六〇九年（慶長十四）に薩摩藩は琉球国侵攻を敢行しているが、その前夜、首里城内では「抗戦か和睦《わぼく》か」の論議がなされたが、その際、重臣のひとり城間親方《ぐすくまうぇーかた》は「薩摩はすでに京太郎なる者を琉球に潜入させ、各地を回遊させて地形や軍備力等々をつぶさに調べ上げている。京太郎の正体は間諜《かんちょう》。琉球に勝ち目はない。和睦すべし」と国王に進言したという話が宜野座村に伝わっている。

また「獅子舞」は、年代も定かでない昔、中国から伝来したと考えられている。現在、沖縄全域に伝承され、毎年、豊年祭や旧暦八月十五夜に演じられているのは周知の通り。宜野座村のそれも有名だ。獅子を尊厳なるものとして崇《あが》め、その霊力をもって悪霊、災害、疫病を払うと共に、五穀豊穣《ほうじょう》、子孫繁栄を託してきた。獅子頭は大抵デイゴの木を素材として作る。目を剥き、口を開閉させる所作により霊力を発揮する。胴体はシュロや芭蕉、麻などの繊維を褐色か黒に染めて用いる。銅鑼《どら》、太鼓、ファンソウ（横笛）、ブラ（法螺）などの鳴り物に鼓舞されて一頭、あるいは二頭舞をするが、演技は各地それぞれ特徴を持ち異なるのは言うまでもない。所作名には「足打ち」（足を踏ん張り、辺りを睥睨《へいげい》する技）、「大回り」（左右をにらみ緩急をつけて回る技）、「三角跳び」（前後左右に跳ぶ）、「虱掻き」（前後の足や首や尻を掻き、虱を払う。時には噛む技）などがある。

ちなみに「虱」はシラミ。方言名シラン。方言が絶えたいま、若い人たちはこの沖縄口を知ラン方も多かろう。「これはウマイッ!」と、駄じゃれに満悦して八・二キロ行くと金武IC。「鍾乳洞」のパネルが目に飛び込む。

王府時代の金武間切は一八七九年(明治十二)四月四日の廃藩置県後「金武村」を名乗ってきたが、一九八〇年(昭和五五)四月一日町制を施行、「金武町」になった。町花=桜、町木=棕櫚《しゅろ》、通称クバ。これは古典音楽の「金武節」の歌詞に由来すると聞いている。その昔、金武鍾乳洞に大蛇が棲《す》み、人々を恐怖に陥れていたが、高僧日秀上人によって退治され、平和を取り戻したという。日秀上人は紀州高野山の僧。十六世紀初頭、阿弥陀《あみだ》の導きに従い、浄土を求めてこの地に漂着。金峰山補陀落院観音寺を建立。弥陀、薬師、正観音の三尊を祀《まつ》っている。鍾乳洞内には百畳余の空間や鍾乳石を見ることができる。

私事になるが、一九四四年十月十日、世にいう那覇の十・十空襲をもろに受け、那覇港近くの垣花町の生家を追われたわが家族は、明けて四月には金武鍾乳洞の中に避難していた。日本兵、民間人、一万人余が入れ替わり立ち替わりしていたといわれる。平常気温十八度の洞内が、人息で暑かったことだけを六歳の子は覚えている。

こうした体験もあってか、金武町には、心ひかれるものがあるが、あれ以来、この地にある米軍キャンプ・ハンセンの存在は、避難体験と重なって無関心ではいられない。基地名は、沖縄上陸戦で戦死した米軍二等兵デール・M・ハンセンの勲功を讃《たた》えて名付けられたと聞く。

複雑な思いをパネル「鍾乳洞」に預け南下すると「屋嘉料金所」が右手にある。しかしここは、西海岸恩納村側・国道58号と金武町側・329号から南向けには入れるが、北向けには入れない。「屋嘉」という地名から「屋嘉捕虜収容所」を思い出す方も多かろう。敗戦直後、日本兵、民間人が明日の見えない不安な日々を送った地だからだ。後に同地の海浜に米兵専用の保養施設「屋嘉ビーチ」ができて賑わった。当たり前といえばその通りだが、敗戦国民の「捕虜収容所」と戦勝米軍の「慰安・保養ビーチ」が隣り合わせとはなんとも皮肉。戦後沖縄を象徴していたように思えた。

〝なちかしやウチナー　戦さ場になやい　世間御万人《しきんうまんちゅ》ぬ　ながす涙〟

この地に生まれた「屋嘉節」を口ずさむ。高速道路の上空には、秋めいた白い雲が浮いている。

ビーチから闘牛に／パラダイスと地獄、交錯

十月に入った。長月も四日。走行する車が切る風も、秋色に染まりつつある。沖縄自動車道を北の名護市許田ＩＣから南下して、宜野座ＩＣ、金武ＩＣ、屋嘉ＩＣを経る。そう急ぐドライブでもないから、制限速度八〇キロを保ちつつ行くと「石川」は目の前だ。ここのイメージパネルは「石川ビーチ」だったが、いまは「闘牛」に替わっている。

二〇〇五年(平成十七)四月一日、具志川市・勝連町・与那城町と合併した石川市は「うるま市」を名乗り、パネルも闘牛の盛んな具志川にならって「闘牛」を掲げ「石川ビーチ」のそれを下ろしたのである。

旧石川市は敗戦直後の避難民収容地だった。出身地を異にする人びとが送り込まれたことにより人口が増加。戦前、美里村の一字《あざ》石川は、一九四五年(昭和二〇)九月二六日「石川市」に昇格した。一字《あざ》が数段飛びで「市」になったのも敗戦現象のひとつと言えよう。

米軍はこの地に、戦後処理をするための「沖縄諮詢会《しじゅん》」を設置すると同時に、民政府はじめそれに伴う関係機関を置くにいたって、名実ともに沖縄一の「市」を誇った。

沖縄本島のほぼ中央・東海岸に位置し、西方の恩納村仲泊までは丘陵を隔てること四キロのこの地にも、米軍は「屋嘉ビーチ」同様、早々に保養地「石川ビーチ」を開設した。

一九四四年(昭和十九)十月。那覇市垣花の生家を空襲に追われ、方々《ほうぼう》に身を隠し、金武の山中で捕虜になった後、石川に寄留。七歳から十二年間を過ごした上原少年にとって「石川ビーチ」は、別世界のパラダイスに見えた。ビーチは金網に囲われていて、民間人は入れない。カービン銃を持った、それも皮肉なことに沖縄人軍雇用員が鉄兜《てつかぶと》をかぶって見回っていた。

表から見る分でもテニスコートやソフトボール場、バレーコートなどがあり、初めて見るそれらのプレイに少年は驚くばかり。四季を問わず米兵たちの歓声、嬌声が聞こえ、おそらくバーベキューだったろうが、浜風に乗った「おいしい匂《にお》い」が少年の腹の虫を鳴かせていた。「アメリカは、戦争に勝っていいなぁ」。金網にしがみついて、彼らの行楽に羨望《せんぼう》の眼を向けていた少年は、心底からそう思った。

戦後の政治、経済、文化の中心地石川市。殊に芸能の中でも芝居や舞踊がいち早く復活したのも石川だが一方、米軍がらみの事件、事故も多かった。

一九五五年(昭和三〇)九月四日。市内の永山由美子ちゃん六歳が誘拐された挙げ句、嘉手納町兼久海岸で、あってはならない姿で発見された。「由美子ちゃん事件」だ。犯人は第二二高射砲隊B中隊所属アイザック・Jハート軍曹三一歳。罪名=幼児誘拐、強姦、殺人。逮捕後、米本国に送還され「死刑」に処せられたことになっている。

また、一九五九年(昭和三四)六月三〇日午前十時三〇分。嘉手納基地第三一三空軍師団所属、F100D戦闘機が集落に墜落した後、石川市立宮森小学校を襲って炎上。死者=児童を含む十七人。負傷者=二一〇人(児童一五六人)。

沖縄の戦後史、そしていまを語るとき「パラダイスの石川ビーチ」「地獄の米軍基地」は、避けては通れないのが「石川」なのだ。

少年期を過ごした石川から学んだことがある。石川方言の発音、俗に言うイシチャークトゥバだ。この地に多い「佐次田」姓を「サヒダ」と発音する。「いいではないか」の方言「シミルスル」は「ヒミルフル」。石川の方言読み「イシチャー」ですら「イヒチャー」である。独特のイントネーションでこれらを耳にすると、なんとなく心がなごみ、ユーモアを感じるのは、イヒチャーに十二年もいたせいかも知れない。

シ音がヒ音に変化する発音は、合併した勝連、与那城地域でも共通した語例を聞くことができる。陸路ではなく、石川集落の東に見える勝連半島や平安座島との海路の交流がもたらした言語の分布ではなかろうかと、ひとり悦に入っている。

江戸っ子は、ヒ音が苦手でシ音になる。朝日はアサシ。股引はモモシキ。人名直彦もナオシコと発するのには驚く。「ナオシコさん。風邪シクなよっ」。広い道はシロイ道。万事がこれである。職業柄、言葉遊びの好きなナオシコは、同僚の徐弘美嬢を「シロミ」と呼んで江戸っ子ぶっているが、シロミ嬢は慣れた、いや、慣らされたのか素直に「ハイ」と、返事をしてくれる。石川の人は「逆であっても、東京と関わっているなら都会的。ヒミルフルぬがッ」とイヒチャークトゥバを自慢する。

ちょっと、石川に時間をかけ過ぎたようだ。石川ＩＣのパネル「闘牛」については七・五キロ先の沖縄北ＩＣに近づいたら語ることにしよう。

東から吹く海風は野風となって西の石川ダムあたりへと抜けていく。なんと懐かしく肌ざわりのいいものを覚える今日の高速道路ドライブではある。自己満足。

牛オーラシェー／品評会のメイン余興

冷房のせいか車の中でくしゃみをひとつした。私の吸うタバコの煙で車内の空気が「愉快ではない」と運転手は云う。

「外の空気はどうだ」

冷房を切って窓を三分の一開けてみる。全開すると高速道路の風は、台風並のそれを車内に送り込むからだ。それに耐えられなくて、十五秒ほどでもとに戻した。十月半ばというのに外の風は、まだ生暖かい。

沖縄自動車道・高速道路ＩＣに立てられたイメージパネルに魅せられてのドライブも許田から南下。宜野座、金武、そして南部方面行きのみの屋嘉ＩＣを見、石川ＩＣを通過すること八・五キロの所に「沖縄北」としている。ここで高速道路を下りて東に向かうと、うるま市具志川、勝連、与那城へ行くことができる。

「沖縄北」のパネルは「闘牛」。沖縄口では「牛オーラシェー」。オーエーは喧嘩。オーラシェーは喧嘩させることの意。軍鶏を蹴り合わせるのは「タウチーオーラシェー」。山羊の角合わせは「フィージャーオーラシェー」。子供のころによくやった蟷螂《かまきり》合戦は「イサトゥーオーラシェー」。蝸牛《かたつむり》合わせは「チンナンオーラシェー」などなど。さまざまな「オーラシェー」を楽しんできた。しかし、沖縄人は人間同士の如何なるオーエーもオーラシエーも決して好まない。

沖縄の牛は、中国から移入されたと思われると『琉球由来記』にあるが、その年代や経緯については定かではないそうな。しかし、農耕牛、乳牛として導入したことは確かとされる。それが定着し繁殖するにつれて、農耕牛の角合わせを娯楽とするようになったのが「闘牛」だ。現在、闘牛用の牛は八重山や奄美の徳之島、愛媛県の宇和島、東北の岩手県、青森県から買い付けていると聞いている。

闘牛の起源は「ハルヤマスーブ(原山勝負)」にあるとされる。ハルは農地、ヤマは山林。旧暦五月を中心に春と秋、いずれかに行われる農事奨励会、農作物・家畜品評会を「原山勝負」と言い、その余興に闘牛が組まれた。神事ではないため、日時は特定されない。その日には朝から総出で田畑のアブシ(畦)の雑草を苅り、山林の手入れを行なう。そして、大抵は、ムラヤー（村屋・諸行事をする共有の建物）前広場に、丹精込めて作った作物や自慢の家畜を出品。村頭《むらがしら》（村長）や長老たちの審査を受けた。当日のメインアトラクションが「闘牛」というわけだ。

王府時代の記録にも見えるが、闘牛開催日には牛馬や家畜類の保有、管理状況を調査する役人「牛佐事《うしさじ》」が、鉦や太鼓を打ち鳴らして「闘牛案内」をふれ廻った。闘牛場を「牛庭《うしなぁ》」と言い、かつては村外れに設置。例えば、丘と丘の間の擂《す》り鉢状の地形や、平坦地を簡単な柵で囲って牛庭とする。したがって鼻綱を放しての対戦の場合は五、六百キロから一トンの激突が観客席に及ぶこともあり、見る側は寸時の油断も許されない。牛の勝敗もさることながら、この緊張感に観客は大いに興奮。これが闘牛の魅力なのかもしれない。

現在、うるま市安慶名闘牛場（収容七千人）、石川多目的ドーム（収容三千人）、沖縄市営観光闘牛場（収容一万人）などがあり、他にも北部の今帰仁村、本部町、南部の南城市知念、離島の久米島町などなど大小十指を越える。県闘牛組合連合会の采配、あるいは加盟組合単独でも毎月のように闘牛大会は開催されているが、ファンや関係者が農家のため、サトウキビの収穫期（二月）は開催数は少ない。

平成十七年（二〇〇五）四月一日。石川市、具志川市、勝連町、与那城町が合併。平成

二〇年九月一日現在、十一万六九三六人の「うるま市」となった。しかし、合併から一年半にわたって市内に波風が立った。合併時、四市町の議会議員は任期中とあってその数八六名。「県議会が四八議席なのに、ひとつの市で八四議席とはこれいかに！」と揺れた。合併行政の難しさの一面を浮彫にしたが、これも平成十八年十月八日に実施された初の「うるま市議会議員選挙」の結果、新議員三四名が選出されて治まっている。

石川、具志川はもとより勝連、与那城はそれぞれ有形無形の文化を有する。それが融合して、新しい文化、産業の歴史を刻み始めた「うるま市」期待大だ。

「闘牛」を後にすると五・一キロ先には「沖縄南ＩＣ」がある。どんなイメージパネルが待っていてくれるか。車の速度をちょっと上げたい気分。

ハロー！文化／「チャンプルー」に発展

「〈天高く馬肥ゆる秋〉とは味覚、食欲の秋と解釈されているが、故事の来歴は別にあるのを知っているかい。昔、中国の騎馬民族の某国は駿馬《しゅんめ》に十分夏草を食わせ、そのまるまる肥えた馬にまたがり、隣国の秋の実りを狙って毎年略奪をしていた。隣国の人たちは秋口になると『騎馬民族が攻めてくるころだ。守りを堅固せよ！』を合言葉にしていた。それが『天高く馬肥ゆる秋』の出典。危機を意味する言葉を、われわれは味覚、食欲と結びつけた。国情、風土によって語意も変化してくるのだよ」

助手席にふんぞりかえって云々する私の知ったかぶりに、運転者は乗ってこない。完全無視の態。

名護市許田ＩＣから入った車は南下を続けている。各ＩＣに入出する手前に掲示された「その地」のイメージパネルを見て廻るドライブも、沖縄自動車道「沖縄北ＩＣ」を通過。

五・四キロ行くと「沖縄南ＩＣ」のパネル「エイサー」が見えてくる。そこを出、十字路をまっすぐ行けば沖縄市の市街地へ。右折は北谷町、左折してさらに左へコースをとると広大な米軍基地をフェンス越しに見ながら嘉手納町に入ることができる。

明治十二年四月四日。琉球藩を廃し沖縄県成立とともに旧越来間切の越来、安慶田、仲宗根、照屋、胡屋、上地、諸見里、山内、宇久田、大工廻の十カ字をもって「越来村」を名乗った。それは戦後までつづくが昭和三一年(一九五六)六月「コザ村」と改称したものの、ひと月後には市政を施行して国内唯一の片仮名の市「コザ」になった。コザ村が存在したことは、いまでは忘却の彼方へ流されてしまったが、混沌《こんとん》とした時代の中で急がれた基地の街作りの変遷がうかがえるような気がする。

そして、さらに昭和四九年(一九七四)四月一日、コザ市は隣接する美里村と合併して「沖縄市」を誕生させて現在に至っている。けれども、公的には「沖縄市」の呼称は定着していても二〇代、三〇代をここに遊んだ私なぞ、いまだに「コザ」と呼び、方言読みの「クジャー」と言い親しんでいる。懐古趣味に過ぎるのだろうか。それほど基地の街は、歴史的「時」を刻んできたとも言える。

コザの繁栄は「ハロー！」に始まった。周辺を極東最大の米軍基地に接収され、街には米兵が溢れていた。基地に働く人たちは多く、また米兵相手の商売も少なくない。「ハロー！ハロー！」を連発して戦後を生き抜いてきたのだ。「ハロー文化」が芽生えた。今となってはユーモラスな響きを有するが、実態はそうではなかった。

照屋十字路を境界にして西側の美里地域を「白人街」、東側の照屋、宮里地域を「黒人街」と称し、米兵ら自らが区別して言葉通り「白・黒」をはっきりさせていた。立ち並ぶバー、キャバレー、遊戯場、質屋等々。そこへ沖縄人も加わって人種差別の中に起きる暴動、殺人、強姦、強盗、窃盗、誘拐事件は連日のこと。しかも、それらに巻き込まれた沖縄人の犠牲は、米軍絡みだけにほとんどがうやむやにされた。

昭和四五年（一九七〇）十二月二〇日午後十一時五十分ごろ、胡屋大通りで米人によるひき逃げ事件が起きた。騒然としているさなかに別の米人車が地元住民の運転する車に衝突。このほとんど同時に起きた交通事故が引き金となって、抑えに抑えていた反米感情が一挙に爆発。住民の抗議行動に対して駆けつけたMP隊が威嚇発砲をした。これが火に油をそそぎMPカーを横転させて放火。騒動は胡屋から中の町、園田に至る道路一キロにおよび、付近住民約二千人が米軍、警察と激突した。世に言う「コザ暴動事件」である。

かつて、さまざまな事件事故が起きたコザ・沖縄市だが、いまはさわやかな風が吹いている。毎年旧盆のころ、県下のエイサー集団が沖縄市営競技場に集結。県内外から数万余の観衆を集めて「沖縄全島エイサー祭り」を開催している。掛け値なく県下一のエイサー処だ。沖縄南ＩＣのイメージパネル「エイサー」の図柄は、これ以外にはあるまい。

「ハロー文化」は、やがて芸能を中心に沖縄家庭料理の定番「チャンプルー」になぞらえて、パワー溢れる「チャンプルー文化」へと発展してきた。その原動力は、遊びごころ旺盛なコザ人気質にあると思われる。善かれ悪しかれ「思いつき」をすぐに実行に移す実践力がある。それが集団の場合、殊に顕著になるが、たとえコトが思いつき通りの成果が得られなくても悔やまず「やらなければよかった」ではなく「もう一度やってみよう！　仕掛けてみよう」と、ギアの切り替えをする姿勢を持っている。これに魅せられて私は、コザ通いをやめないでいる。

さてさて。沖縄南ＩＣを通過。青い芝生の中の米人住宅やその西側に発着陸する米戦闘機と嘉手納基地の一部を垣間見ながら車は南へ。五・八キロ先の「北中城ＩＣ」向けて急ごう。秋の陽は釣瓶《つるべ》落としだから。

1971 年
コザの街角

撮影　國吉和夫

NAKAMURA TAILOR
フレッシュ美容室
94982

打花鼓と中村家／遠い日の営み思いはせ

沖縄自動車道・高速道路を名護市許田ＩＣのイメージパネル「ハンググライダー」を見、六つのＩＣを経て四五・三キロ先の北中城ＩＣへ車は向かっている。北中城村をイメージする「打花鼓《たーふぁーく》」と同村の旧家「中村家」のふたつのそれが待っている。

中城村は、明治四一年（一九〇八）四月一日、島嶼町村施行により成立している。十五世紀恩納間切山田に、そして読谷間切座喜味に城を構えた武将護佐丸《ごさまる》は首里王府の命を受けて中城間切の台地に「中城城」を築き按司《あじ》（城主、支配者）になった。以来、当地は琉球歴史に深くその名を刻むことになる。また、北中城村は昭和二一年（一九四六）五月二〇日、中城村から分村して成立。貝塚が多く、殊に荻堂貝塚からは淡水、海水産の貝類や魚骨、ジュゴン、イノシシの骨に加えて、研磨された石斧など石器が出土。遠い日の人びとの営みをうかがい知ることができる。

沖縄南ＩＣを過ぎて間もなく、ユウナの木を背にして立っているのは、唐人の行列舞「打花鼓」が描かれたパネル。この民俗芸能が中城村伊集《いじゅ》に伝わった年代は明確ではないようだが、一七一八年（尚敬王時代）、那覇久米村に創設された琉球初の教育機関「明倫堂」に関係がある。ここには士分の子弟が入学。毎月三・六・九の付く日に和文、漢文、北京語を受講。そして毎年サンリュウチュウ（三六九）と称する、今風に言えば学習発表会を開催。父兄のみならず、王府の高官も列席した。その発表会の舞台部門に演じられたのが「打花鼓」。十四世紀末に帰化した中国福州人によってもたらされた芸能である。

行列舞は、六尺棒を持った筑佐事《ちくさじ》（警護役）二名、唐人高官一名、銅鑼鉦係一名、楽法螺吹き二名、フジョウ持ち一名、御涼傘持ち一名、ハーチンガニ（鉢鐘・シンバル）一名、ブイと称する拍子木係一名、唐太鼓一名の計十一人で演じられるが、楽曲は中国旋律で謡いの歌詞も中国語。舞いの所作も中国的な大振りときていて、教育の普及とともに中城間切に伝わったと考えられている。

「打花鼓」を左手に見た後、すぐに北中城ＩＣを示すパネル「中村家」を見ることになる。中村家は、北中城村大城にあり、昭和四七年（一九七二）五月、国の文化財に指定された旧家。建築年代は定かではないが、様式や手法から考察して十九世紀初期の建築と、専門家は鑑定している。大城安里《うふぐしくあさと》と名乗った豪農の住宅。石垣囲いの敷地に入るとヒンプンが正面座敷を隠している。ヒンプンは北京語の屏風《びょうぶ》に由来するそうな。仕切り壁、囲いを意味し外部からの視線を遮るだけでなく、悪霊の侵入を防ぐ信仰的役割を持っている。

建築面積は母屋一八〇・〇四九平方メートル、アサギ(離れ屋)六七・五一四平方メートル、高倉の一階十八・七四〇平方メートル、同二階三六・三〇五平方メートル、前ぬ屋一階六一・〇三平方メートル、同二階五〇・一五六平方メートル。使用木材はイヌマキが主。屋根は明治中期までは茅葺《かやぶ》きだったが、現在は瓦葺きになっていて、専門家は「住宅は小規模だが母屋からアサギなど付属屋まで、家敷全体をよく残し、かつての上層農家の生活を知る貴重な資料となっている」と、記述している。

いささか私事だが、この中城界隈は去る七月二日(二〇〇八)に逝った画家与那覇朝大とよく散策した所。彼はスケッチをしたり、カメラのシャッターを切りまくっていた。それらは水彩画や四五回転のいわゆるドーナツ盤民謡レコードや三三回転LP盤のジャケットに使用されたりした。与那覇朝大は、よほどこのあたりが気に入ったとみえて、後に中城村登又に住まいとアトリエを新築して移り住んだ。もっとも移転の思い立ちはそれだけではなく村自体が人材誘致を進めていた時期でもあり、それに応じたことも要因と私は聞いている。

フクギなどに囲まれた中村家の庭から南方に目をやると、世界遺産群のひとつ中城城跡やエイサー唄の代表曲「仲順流《ちゅんじゅんなが》り」に歌われる山並みを見ることができるし、四季を通して樹木の色は変わらず、訪ねる人の瞳にミドリを映してくれる。

十一月も下旬に入った。北の大地や東北地方からはすでに雪の便りを聞くが、沖縄は「いい肌持ち」の候。夏の間、眉間に寄せていたシワもようやく取れて、すべての人に涼しい顔をまんべんなく与えてくれる時候になった。その涼風に後押しされて、車はつぎの西原ＩＣに向かって走っている。エンジン音も秋風のように快適、快調。

内間御殿と羽衣／総理大臣は尚円王たれ

風が北に変わりつつある。太陽が雲の衣をつけると涼しさを通り越して、長袖の世話にならなければならない。沖縄もゆったりと初冬に入ったということか。

先輩方に会うと「シービークないびたんやぁさい」と、季節の挨拶をする。シービークは「うすら寒い」の沖縄口、ほんの二十日ほど前までは「いい肌持ちやーさい」だったが、街ゆく人もシービークなったのだろう、着衣が冬色になり、中には冬のファッションを先取りして、マフラーにブーツ姿も見てとれるようになった。

パネル探しの車は、北中城ＩＣを後にして西原ＩＣに向かっている。所在地は、浦添市西原《にしばる》なのだが、東側に琉球大学があり「文教の町・西原《にしはら》町」に隣接しているため、イメージパネルは西原町の名家「内間御殿《うちまうどぅん》」になっている。北中城ＩＣから六・四キロ。直進すれば南部市町へ。ＩＣを出ると米軍ヘリポートや、その基地所属のヘリコプターが墜落した沖縄国際大学のある宜野湾市と、アメリカ総領事館や米軍基地キャンプ・キンザーを有する浦添市に通ずる。いわば西原ICは沖縄自動車道の要の一つと言えよう。このICに達するまでには、宜野湾市を案内する「羽衣」と、浦添市の文化施設「浦添市美術館」のパネルを見ることができる。

羽衣のパネルは、この地の伝説を基に舞、唱《とな》え、所作、音曲で構成される沖縄独特の舞台芸能「組踊」の一つ「銘苅子《みかるしー》」に由来する。作者は組踊の創始者玉城朝薫（一六八四–一七三四）。物語は、この地に降り立ち、水遊びをしていた天女の衣を取り隠した男。ついには天女を妻にして一男一女をもうける。九年の歳月がたち天女は、子どもが歌うわらべ歌の文句で、失ったと思っていた羽衣の在りかを知り、夫と子どもに惜別の情を残しながら、天に戻るというもの。

また浦添市美術館は、平成二年（一九九〇）二月に開設した琉球王朝文化のテーマ館。これまで広くは知られなかった琉球漆器を中心に収蔵、展示している。首里王府以前、琉球国の王都であった浦添は十三、十四世紀ごろ、日本、中国、朝鮮をはじめ、南方諸国との交易をなし、財政的繁栄はもとより、独自の文化を創造していた。中でも美術館が収蔵する六百点の漆器は、琉球大交易時代を如実に物語っている。

一方の「内間御殿」は、琉球王統第二尚氏の初代尚円が、まだ金丸《かなまる》を名乗っていたころ、西原間切内間の領主として住んでいた屋敷だ。「殿内《とぅんち》」は、王府の重職にある高官の住む館。これに対して王家直系者の館を「御殿《うどぅん》」と呼び分ける。

金丸は永楽十三年（一四一五）に北部の離島伊是名島諸見に生まれ、成化十二年（一四七六）に没している。農民の子ながら志は高く、若くして島を出、国頭間切奥間を経て王都首里に上り、第一尚氏六代尚泰王に仕えた。そして、七代尚徳王時代、城中には「次の国王は金丸！」とする機運が高まり、尚徳が没するや金丸支持の筆頭安里大親《あさとううふや》（「安里」は名。「大親」は高官職名）は、諸臣に向かって言った。「物呉《むぬくぃー》しどぅ我《わ》ぁ御主《うしゅう》」「民の暮らしを最優先し、琉球国を安定させ得る人物を国王とすべし。金丸こそがその人物だ！」

この主張に諸臣の多くが賛同。金丸を琉球国の「世の主」としたのである。そして王名・尚円を名乗る。第二尚氏王統はこうして始まった。ちなみに琉球国は、舜天王統三代、英祖王統五代、察度王統二代。第一尚氏王統七代、第二王統十九代と都合、三六代の国王が治めていた。そしてそれは、江戸幕府が崩壊して、明治政府樹立に伴う廃藩置県でもって終焉《しゅうえん》を告げるが、琉球国最後の国王は尚泰。約六五〇年の歴史であった。

沖縄県の誕生は明治十二年（一八七九）四月四日。したがって二〇〇八年現在、沖縄県の年齢は一二九歳ということになる。年が明けてデイゴの花咲くころには、一三〇歳の区切りのいい年ごろになる。アメリカ世を二七年間経験して、沖縄人の実生活にはアメリカナイズされたものが残っているが、だからと言って「ハッピーバースデー・トゥ・ユー」と、あちらソングを歌うわけにはいかない。そこでどうだ！「かじゃでぃ風」を県民こぞって歌い「沖縄県一三〇歳の誕生日を祝ってみよう」と、まじめに考えている自分に気づいてうれしくなった。

歴史はともあれ、日本国の総理大臣は「コロコロ」の表現をしたいほどよく代わる。解散総選挙も秒読み段階に入った。国の上に立つ人は、尚円王のように「物呉ぃしどぅ我ぁ御主」になれるだろうか。戦争という暗雲を払いのけて、平和な明日への舵取りができるだろうか。柄にもなく、国の行く末を案じながら「パネル探し」の車は、次なるＩＣを目ざして走っている。十二月の風は、まだ冷たくない。

首里に佐藤惣之助の詩碑／心に染みる「宵夏」の一節

沖縄自動車道・高速道路の名護ＩＣに入ったのは九月四日、蝉が鳴いていた。ＩＣ所在地のイメージパネルを追って南下すること五七・三キロ。九つのＩＣを経て終点那覇ＩＣを目前にしたいま、ニシカジ（北風）がパチパチ吹いている。

那覇ＩＣのパネルは「守禮門《しゅれいもん》」。琉球王国時代、首里城に入るには、まず「中山門《ちゅうざんもん》」をくぐらなければならなかった。現首里高校裏門辺りに位置し、廃藩置県後もその美門を見ることができたようだが、老朽化のため明治四一年（一九〇四）六月に解体されている。一四二八年創建の「中山門」は「下《しむ》ぬ鳥居《とぅりー》」の呼称があり、これは後に守禮門が創建され「上《うぃー》ぬ鳥居《とぅりー》」としたことにより付いた別名である。また、中山門を「下ぬ綾門《あやじょう》」、守禮門を「上ぬ綾門」とも言う。

守禮門は、嘉靖七年（一五二八）の創建とされる。第二尚氏王統四代・尚清王（一四九七～

一五五五）の時、中国の牌楼《はいろう》を模して建てられた記念碑的建築物。はじめは「待賢」の文字。ついで「首里」の扁額《へんがく》が掲げられていた。「守禮門」の文字にしたのは第二王統六代・尚永王（一五五九～一五八八）の時代。

昭和八年（一九三三）、国宝に指定されながらも沖縄戦で破壊された。しかし、保存されていた図面を基に昭和三三年（一九五八）十月十日に復元完成、現在に至っている。首里城を訪れる観光客は城内観覧、散策のあとは守禮門を背景に記念撮影する。琉球髪型に紅型衣裳のモデルとカメラにおさまり、貸衣装もあって自らが琉球王朝時代へのタイムスリップを楽しむことができる。

首里城界隈《かいわい》の案内は、観光ガイドブックに任せるとして、ここでは民衆詩人として日本詩壇にその名を刻む佐藤惣之助にふれよう。

佐藤惣之助（一八九〇～一九四二）。神奈川県川崎出身。十四歳のころ詩作を始め、十六歳に佐藤紅緑主宰「秋声会」の同人となった。詩集「正義の兜」などがある。旅に暮らした人らしく日本各地はもちろん満州、蒙古、朝鮮、上海、香港、広東、マニラを踏んでいる。

奄美大島、沖縄に足を運んだのは大正十一年（一九二二）。風物や人との出逢いを書いた「琉球諸島風物詩集」を出版。このことが縁となって彼の故郷川崎市民は「友情と親愛」を込めて、沖縄に詩碑を寄贈している。制作は同郷で沖縄のヤチムンを愛し、再三来沖した世界的陶芸家・浜田庄司。

〝しづかさよ　空しさよ　この首里の都の　宵のいろを　誰に見せやう　眺めさせよう〟

石垣と赤瓦を漆喰《しっくい》で組み合わせたヒンプン型の詩碑には、作品「宵夏」の一節が刻まれている。昭和三四年(一九五九)五月十五日、琉球大学旧キャンパス、現首里城内に設置されたが、首里城復元に伴い、首里赤平の虎瀬公園に移されている。

余談に過ぎるかもしれないが佐藤惣之助は、戦前生まれの方々は、いまも忘れず唇に乗せている多くの歌謡詞を書いている。

「上海だより」(作曲・三界稔、うた・上原敏)、「赤城の子守唄」(作曲・竹岡信幸、うた・東海林太郎)。そして昭和十一年発表「愛の小窓」(うた・ディック・ミネ)以来、作曲家古賀政男と組んで「青春日記」(うた・藤山一郎)、「人生劇場」(うた・楠繁夫、のちに村田英雄)、「湖畔の宿」(うた・高峰三枝子)をヒットさせた。

他にも「むらさき小唄」(作曲・阿部武雄、うた・東海林太郎)、「すみだ川」「上海の街角で」では、作曲家山田栄一と歌手東海林太郎を第一線に押し上げている。さらには、プロ野球阪神タイガースファンは応援歌「六甲颪《ろっこうおろし》」の作曲は古関祐而、作詞は佐藤惣之助であることを知っておかなければならないだろう。

またぞろ私事になるが今年の三月中旬、仲間たちと群馬県伊香保に遊び、さらに新潟県との県境猿ケ京へ向かう途中、榛名湖に立ち寄った。そこで見たのは佐藤惣之助の名作のひとつ「湖畔の宿」の歌碑。誰が歌い出したか私たちは、人目なぞ少しもはばからず〝山の寂しい湖に　ひとりきたのも侘びしいこころ……〟を大合唱していた。はるかに赤城山をのぞむだけに、その場に立つと国定忠治も日光の円蔵も板割の浅太郎も、いや何よりも佐藤惣之助が限りなく身近に感じられた。

待て待て。

話が脱線する傾向にある。高速道路での脱線は厳禁。

当初、名護〜那覇間にＩＣが設置されたが、自動車道はさらに南へ伸びて、南部への出入り口・南風原ＩＣがすでに稼動している。そこまでは足を伸ばさなければなるまい。到着するころは、子から丑に年は移っている。ちょっと早いかもしれないが挨拶をしておこう。読者の皆さま「いい正月迎えしみそぉーり（いい正月をお迎え下さいませ）」。

飛び安里／今も昔も変わらぬ思い

牛が歩み始めた。

世界中がミークゲー（まばたき）もできないほど、前後左右に激動していて、ついて行けそうにもない。ならば、丑《うし》年にならって「牛歩を決め込もう」と、開き直るのだが、それでは置いてけぼりをくいそうで、また不安になる。

去年の九月四日。名護ＩＣに始まったイメージパネル探しも、那覇ＩＣには出ず、そのまま南へ走ると「南風原ＩＣ」に達する。

〝白雲ぬ如に自由に飛ばりてれ　飛び渡てぃみぶさ羽ぬ有とぉてぃ〟

〈好きな人の住む島が白雲のように、てぃんじゃけー（天境・水平線）に浮かんで見える。こ

の身に鳥のような羽が有ったなら、すぐに飛んで行きたい。語らいたい〉

「白雲節」が口をついて出た。「南風原ＩＣ」のパネルが「鳥人」だからだ。風になりたい。雲になりたい。蝶になりたい。そして鳥になりたい。誰もが一度は願望する夢であろう。

兄ウィーバー、弟オービルのライト兄弟は、広いアメリカの空を見上げて「鳥になりたい」と思い立ち一九〇三年、ついに人類初の動力飛行機を発明して鳥になった。沖縄にはそれよりも前に鳥への憧《あこが》れを抱いた男がいた。安里周当《あさとしゅうとう》である。彼の生没年月日は定かではないが、一八〇〇年前後の人物とされている。

「年月を要する中国や大和への船旅を、空を飛ぶことで短縮できないか」

この思いを凧《たこ》にヒントを得た安里周当は、飛翔体につけた矢弦を足で上下させることによる浮力で「鳥になろう」とした。最初は美里間切泡瀬（現沖縄市）の海岸で飛行を試みたが失敗。その後、移住した南風原で試行錯誤を繰り返して再び実験。しかし、飛翔体には車輪がついていず、したがって平地から飛び立つことはできない。そこで凧を飛ばす要領で長尺の命綱を妻に託し、津嘉山の高台から飛んだ。

思惑通り、はばたき式の機体は空高く舞った。けれども、妻が握る命綱以上に上昇したためバランスが保てず、急降下して落下することになる。落ちた所は、自宅のシム（下・台所）付近だったという「オチ」までついている。

この機体の構造図や部分品、工作に使用した道具などは大正時代まで残っていたが、白蟻《しろあり》被害を受けて焼却処分されたらしい。

安里家は、琉球王府お抱えの花火職人。「花火安里《ふぃーはなあさとう》」の屋号があり「与那原の浜の潮は引いても、安里家の富は引かない減らない」と沙汰《さた》されるほど裕福。空を飛ぶ夢の実現にかかる資金には、事欠かなかったようだ。安里周当本人には「飛《とう》び安里《あさとう》」の異名、いやこれはもう立派な「尊称」が付いている。

空を飛びたい。この夢を見た人は全国にいた。岡山県の表具師・幸吉は、一七八五年(天明五)に飛行。また、秋田県仁井田の農夫は一七九〇年、カラスを真似て翼をつくり崖から飛んだ。一八四〇年、鳥取県米子の某は、鳩にヒントを得て松の木から飛び、愛知県御油の貸席(妓楼)の主人は、カモメになろうとしたのか海岸の岩壁からとも船のマストからとも伝えられるが、とにかく飛んだ。一八三〇年のことらしい。

この正月三日。南風原町では「飛び安里」を讃《たた》える意味もあって、黄金森公園を会場に「凧揚《たこあ》げ大会」を催した。人は皆、空を見上げては飛びたい気持ちになる。それは今も昔も変わらないのだろう。

自動車道に戻ろう。

南風原ICを出ると、そこからは那覇空港自動車道・国道506号になる。豊見城IC

を通過して直進すると、豊見城市名嘉地に開通したトンネルを通ることになる。沖縄本島では、一九八三年三月に開通の国頭村宜名真トンネル・全長一〇四五メートルを抜いている。長いそれのない沖縄だから、この豊見城トンネル・全長一〇七四メートルに入ると、ちょっとした大和気分になる。道路は地域を活性化する。個人的感じ方だが、このところ南部地域の勢いがいい。企業進出で活気づき、それに伴って絶えていた伝統行事の復活、新たな文化イベントの企画、実施。那覇に「追いつけ」那覇を「追い越せ」の声が聞こえている。

さて。

沖縄自動車道の各ＩＣの少し手前に掲示されたイメージパネルに魅せられて、名護から南風原～豊見城を経て那覇空港までやってきた。さすがに疲れたのだろう運転手さんは声にして言う。

「運転免許証を持たないお前さんがよくまあ、なんじゃかんじゃ書いてきたもんだ」

それに対して私は、声にこそしなかったが心の中ではハッキリと言った。

「車は運転するものではない。乗るものだ。いやはや、ご苦労さん」

したたかな沖縄ハンシー／ゆいレールに見るうちなぁ風景

「最近、表情が硬くありませんか」

一人ならいざ知らず、複数の人に言われると気になる。放送屋という職業柄、人さまの前に顔をさらす場面が多く、意識的に「笑顔」を長年心がけてきたのだが「表情が硬く」なったのはどうしたことか。思いあたるのはただ一つ。モノレールに違いない。開通以来、週五、六回は乗る。座席はバスのように前向きではなく、前の人の会話が聞き取れる距離で向かい合って坐ると、どうしても対面同士、目と目が合う。知り合いなら涼しい目をおくるのも自然だが、初対面の「ニッコリ」は、どうも具合がよくないのである。そこで、目線をあらぬ方向に向けたり、目を閉じたりして職業病的笑顔を封じ込めた結果「最近、表情が硬くありませんか」になったと思われる。乗客の中には、羨ましいほど熟睡する方もいるが、たいていは目の置き場にそれぞれの独創的工夫をしているようだ。

沖縄初のモノレールが登場したのは、二〇〇三年八月十日。那覇空港から首里汀良町まで十五駅。営業距離十二・九キロ。片道二七分。朝六時から夜十一時三〇分の運行。二両編成一六五人乗り。初乗り三区間までは二〇〇円。三キロ毎に三〇円増。空港から首里まで二九〇円（＊二〇一二年現在、初乗り二三〇円、空港から首里までは三二〇円）。地上から八～二〇メートルの高さを走り、殊に儀保駅～首里駅間では那覇市が一望できる上に、鯨こそ見えないが慶良間諸島が手のとどく所にひらけ、島々の頭上に一日の勤めを終えて位置する夕陽は、一一二八億円の美観である。この数字は総建設費。

各構内に流れるゆいレールソングは「お出かけ日和」。作詞は全国公募に当選した藤原美弥子（大阪府）。作曲・普久原恒勇、編曲・山城功、歌・伊波智恵子。そして、各駅毎に到着を告げるラジオパーソナリティー富原志乃の声とともに聞こえる沖縄メロディーが快い。

①那覇空港駅＝「谷茶前節《たんちゃめー》」。歌と踊りが全国的に知られているとしての採用と聞いた。②赤嶺駅＝「花ぬカジマヤー（花の風車）」代表的な沖縄わらべ唄。③小禄駅＝「三村節（一名「小禄豊見城《うるくとぅみぐしく》」）」。④奥武山公園駅＝「じんじん」わらべ唄。〝じんじん〟は蛍をさす幼児語で一般語はジーナー。

⑤壺川駅＝「唐船《とーしん》どーい」。駅から那覇港近い。⑥旭橋駅＝「海ぬチンボーラー」。遊び唄の一つ。〝チンボーラー〟は小巻貝類。⑦県庁前駅＝「てぃんさぐぬ花」。代表的な教訓歌。⑧美栄橋駅＝「ちんぬくじゅーしー（里芋雑炊）」。昭和四三年発表。作詞・あさひろし、作曲・三田信一。⑨牧志駅＝「いちゅび小節」。エイサーにも用いられる遊び唄。〝いちゅび〟は野苺。⑩安里駅＝「安里ゆんた」。沖縄民謡を全国的にした八重山民謡。

⑪おもろまち駅＝「だんじゅかりゆし」。船送り唄。〝だんじゅ〟は誠に、道理で、げにこその意。〝かりゆし〟は嘉例吉、吉事、果報事、祝事の古語。⑫古島駅＝「月ぬかいしゃ」。八重山の子守唄。〝かいしゃ〟は美しい、清らかの意。⑬市立病院前駅＝「くいちゃー」宮古島の集団歌舞で歌われる。〝くい〟は声、〝ちゃー〟は合わせる、融合。声合わせ唄。

⑭儀保駅＝「芭蕉布」。昭和四〇年発表。作詞・吉川安一、作曲・普久原恒勇。⑮首里駅＝「赤田首里殿内《あかたすんどぅんち》」。王府時代、公的祭祀を司る首里、儀保、真壁の三祝女殿内（館）があった。首里殿内は赤田村にあり、その地名をかぶせた呼称。わらべ唄であり、五穀豊穣と弥勒世を祈念、祈願する唄。

ところで。

交通機関には上り・下り線があるものだが、ゆいレールは那覇空港行き・古都首里行きのいずれがそれか。昔は首里へは「上る」と言ってきたが、これは〈下り線〉。空港からは飛行機で大和に向かうので、かつての「江戸上り」に因んで〈上り線〉にしたそうな。

ゆいレール二両には高齢者、妊産婦、身障者優先のシートが九席ある。荷台付のため、ときおりそこに坐るのだが、満席気味の電車に途中から乗り込んでくる後期高齢者(なんとイヤな行政用語であることか)殊にハンシー・老婦人は決まってひとり言をする。

「あ〜ぁ。年は取りたくないもんだね。足はよろけるし腰は痛いし、あ〜ぁ。やっけーしたくとぅやっさぁ(厄介なことだ)」

大仰にため息までつく。そのひとり言を聞いてしまうと席をゆずらざるを得ない。「どうぞ」と席を立っても「いいよ、いいですよ。シムサ、シムサ」と言い、一度は遠慮する。そこは伊達や酔狂で戦後を生き抜いてきたのではない精神の強靭さを発揮。二度、三度勧めて初めて「そうねぇー」の声で坐っていただけるのである。そこには微塵もイヤな空気はながれない。むしろ、なごやかなシーンが生まれる。とかく、沖縄ハンシーたちはしたたかに強い。また、それでよい。

那覇・三重城にて　　撮影　國吉和夫

第三章

レトロ風おきなわ

うたガマ／唄を規制する国に平和はない

あるパーティーの帰り、若い人たちに誘われるままカラオケハウスに行った。久しくこないうちに、選曲のシステムは進歩。ディスクから衛星通信カラオケに変わっていた。持ち前の美声を披露しようと東海林太郎、フランク永井、三浦洸一。新しいところで「昴」だけだが谷村新司を歌ったが、若い人たちは自分の歌を選ぶのに夢中。私の美声は完全に無視されていた。七五調の歌詞は、快くないらしい。彼らの歌を聴いてみた。日本的韻律は微塵《みじん》もなく、字余り字足らずの横文字入りの早口言葉まがい。その上、テンポが速く、とても、とてもついてはいけず、五臓六腑《ごぞうろっぷ》に快くしみていたほろ酔いがハイテンポで去っていくのを自覚することになった。

流行《はやり》の歌詞が自由に唄える時代は一応、平和にちがいない。

昭和元年前後生まれのK兄の青春は、軍事教育が徹底された中にあった。歌も国民の意識高揚を意図した「軍歌」以外は厳禁。日本は戦争へと突っ走っていたわけだ。しかし、青春の血は、封じ込められると逆に噴出する。那覇商業学校、第二中学校(現那覇高校)などの若者たちは一人で、あるいは連れだって名所波上海岸に出かけた。そこには、慶良間渡(沖合)から打ち寄せる波がつくり出した自然のガマ(洞穴)が複数あって、その中はキナ臭い世間などを遮断する自由な別天地だった。彼らは唄った。

大正四年、東京浅草の劇場にかかったオペレッタ「ボッカチオ」の一曲「恋はやさし野辺の花よ」や同年発表「ゴンドラの唄」(作詞・吉井勇、作曲・中山晋平)などの恋唄を熱い血の流れのままに唄った。K兄は述懐する。

「強制的な抑圧をはね除《の》けたかったのだろうね。ガマの中だから歌声が反響する。今風に言うエコーだ。自分の歌声に皆、陶酔したものだよ。それからこのガマを誰言うともなく『うたガマ(歌洞穴)』と呼称するようになった。うたガマだけが自由を許された場所だったように思える」。

うたガマ。これを「自然のカラオケハウス」とするか「軍国主義下の実態」と受け取るか。遠い昔のことと片付けたくない。いかなる時代でも「唄うこと」を規制する国に平和はない。

うたガマは、沖縄芝居をも育てた。

名作歌劇「奥山の牡丹」(作・伊良波尹吉)は、大正三年二月初演。デュマ・フィスの小説「椿姫」を思わせるお家騒動物語。悪家臣に放逐された奥間殿内の嫡男サンデー(三郎)をトゥガキーの愛称で人気があった平良良勝が好演。爆発的な興行成績を上げた。企画の段階で、その主人公を「自分にやらせてほしい」と願い出た平良良勝に対して、伊良波尹吉は言った。

「これは歌劇だ。歌唱力が勝負。お前が波上のガマに籠《こ》もって、クィーワティちゅらぁ(声を割ってくるなら。声帯を鍛練《たんれん》してくれるなら)、役をふってやらないものでもない」

平良良勝はそれを実践した。かくて主役を得て大当たりをとったという。

伊良波尹吉＝明治十九年生。与那原町出身。昭和二六年没。役者。「歌劇作りの名人」とうたわれる。劇作多数。舞踊「鳩間節」など振付も多い。

平良良勝＝明治二六年生。首里出身。昭和五四年没。役者。立役はもちろん、劇作のほかに「琉球講談」というジャンルを拓いた。戦前、那覇市議会議員。戦後は旧石川市議会議員を長期つとめた。

昭和三一年劇団に入り、演劇界に伝わるこの話に感銘し、ウミシージャカタ(先輩方)の芸域に一歩でも近づこうと波上に向かったのは、当時若手の役者北村三郎。彼はそれらしきガマに入って、知る限りの歌劇の挿入歌を唄い演じた。一人十役のひとり芝居の態。努力はそれだけでは終わらない。「先輩方もここまではやらなかっただろう。オレはその上を行こう」と北村は、夜の海に首までつかり、声帯鍛練をした。浪花節語りがそうしたという話を聞いていたからだ。

結果はどうだったか。

季節を取り違えたかして、すっかり風邪をひき、目指したイーチュグィー（絹のようななめらかな声）とはどんどん距離を置き逆に、アラバサーグィー（布目の荒い芭蕉布のようなしゃがれ声）になってしまった。

それは、いまもって治ってはいない。

K兄の経験したうたガマは波之上自動車学校のあたり。

昭和五五年「ダンシング・オールナイト」をヒットさせた〝もんた&ブラザーズ〟のもんたは、もともとハイトーンの美声だったが、独自のボーカルの完成度を高めるために、横浜の海を相手に怒鳴り、がなり、唸《うな》って、いまのしゃがれ声にしたそうな。つまり、声を割って個性を表にだしたのだ。これは大いなる成功例。北村三郎とは大違いである。（敬称略）

音の通る道／風が運ぶ平和な暮らし

テレビの画面が歪んでいる。どうやら寿命らしい。

「地デジ対応のものを買おうか」。家人と話し合って薄型を購入した。ところが業者の搬入スケジュールとやらで、わが家に届いたのは三日後。ようやく現物にお目にかかれたが、なんと映らない。ブースターがどうのアンテナがこうので、また一日を要するとだけ言って若い業者は帰ってしまった。真新しい仏壇と向かい合ったような妙な光景がわが家にあった。

「いずれ映るようにセットしてくれるだろう」

なんとも静かな土曜、日曜をはさんだ四日間を過ごした。聞こえてくるのは、近くの木立ちと遊ぶ風の音とスーサーらしい鳥の声と、台所からのラジオの音楽。そして、静寂を楽しむ私をあざ笑うかのように屋根の上を飛行するジェット戦闘機の神経を逆なでする爆音だった。

風はどこまで音を運べるか。

東京・両国で打つ大相撲のやぐら太鼓が、千葉・木更津で聞き取れたという関係者の話を聞いたことがある。かつては東京にも音の通る道があったのだろう。

沖縄の風はどうか。沖縄芸能史及び風俗研究家の崎間麗進氏は語る。

「戦前の那覇の街は静かだった。西武門《にしんじょう》にあった蓄音機店の店頭でかける浜千鳥節やカッコーワルツが、風に乗って泉崎のわが家まで聞こえた」

トーマス・エジソン（一八四七〜一九三一）が蓄音機を発明し、特許を取得してから今年二月十九日で一三一年になる。それは、大正末期から昭和初期に沖縄に入ってきた。当時、人びとは「チクオンキ」という耳慣れない機械名を、耳に入ったままの音韻で「チコンキ」と呼び、文明の確かなる足音を聞いた。

しかし、チコンキを所有できるのは裕福な家庭に限られていた。蓄音機なる文字を初めて目にする人びとは、すぐには理解出来ず「那覇には歌を唄う機械、モノを言い歌の上手な小人が入った魔法の箱が現れたそうな」と噂した。実際に地方からは、わざわざチコンキをひと目見ようと弁当持ちで来る勤勉な人もいて、蓄音機の発する音楽を「聞きに行く」ではなく、チコンキを「見に行く」と自慢し、いかなる文明の利器なのか「百聞は一見にしかず」を実践した。

戦前、祖父直行の隠居部屋に蓄音機があったことをわずかに記憶している。その形から通称「ユリぬハナー(百合の花)」と言われた拡声管が付いた箱型だった。側面に付いたクランクを回してゼンマイを巻き、鉄製の針を盤に下ろすと三線の音と甲高い歌声、そして洋楽器の演奏が流れる。

「この中には小人が入っている。ゼンマイが小人のご飯だ。いっぱい上げないと小人は歌が唄えない。気を入れてゼンマイを巻きなさい」。祖父にそう言いつけられて、必死にクランクを回した五、六歳の自分を思い出す。

その作業は、二つ年上の姉と私の役割だったように思えるが、何を聞いたのか曲名などは幻の向こう側にしかない。

いまになって調べてみると歌者は多嘉良朝成、カナ夫妻、桜屋音子、赤嶺京子(後の普久原朝喜夫人)らの「恋ぬ花」、「浜千鳥節」、「谷茶前節」など。そして、金武良仁翁が昭和九年から十一年にかけてコロンビアレコードで吹き込みした古典音楽だったのだろう。

ピアノやバイオリンのソロや浅草オペラの田谷力三の「恋はやさしい野辺の花よ」や藤原義江の「波浮の港」「鉾をおさめて」の蓄音機盤もあったそうだが、私の記憶には残っていない。

昭和の民謡の名人とうたわれ、独特の「ふくばるぶし」で知られる普久原朝喜翁（一九〇三〜一九八一）は昭和二年、自ら作詞作曲そして唄った「移民小唄」をはじめ数多くの蓄音機盤を製作販売。そのため翁は「チコンキーふくばる」の尊称を得、沖縄民謡史に深く刻まれている。

それ以前の話。小禄村（現那覇市）で弾く三線の音が奥武山の北東に広がる漫湖の川風に乗り、真和志村（現那覇市）を渡り、古都首里金城町で聞くことができたという。

蓄音機は電蓄に進化、さらに横文字のプレイヤーに昇格。七八回転の蓄音機盤は四五回転のドーナツ盤、三三回転のＬＰ盤を経てカセットテープ、そしてＣＤになった。機材も高性能を誇ってはいるが、かつてのように風に乗せることができなくなった。騒音防止法のからみか、特定の場所でしか聞けない。

極東最大の米軍基地嘉手納周辺の「音」はどうだろう。風に乗るどころか早朝深夜を問わず、戦闘機の発着爆音にさいなまれている。それさえなければ、西の海の波の音、各集落の木々からは小鳥の歌も風に乗って聞こえるに違いない。人間の平和な暮らしは風が運ぶ自然音で計ることができるのではあるまいか。

活動写真・映画・シネマたち／胸躍らせた最高の娯楽

新聞、テレビなどが正月映画の案内をしている。丑《うし》に代わってやってくる寅《とら》の足音を聞いているような気になる。

映画はかつて、静止した写真が動く・活動するとあって「活動写真」と呼ばれた。那覇《なーふぁ》口《ぐち》で言えば「クァチローサシン」だ。いまでもテレビのそれではなく、映画作りに携わっている職人肌のプロたちは、自らを「活動屋」と名乗る。江戸時代に西欧から入ってきた静止写真は、写すだけでも緊張しただろうに、それがいきなり動きだし、銀幕に大写しされ動く。人びとは大いに目を見張ったであろう。

この活動写真、沖縄には大正期に入ってきたとされるが、これにも那覇人《なーふぁんちゅ》は直感的に別称をつけている。曰く「影ぁ踊ゐ＝かぁがぁWUどぅゐ」。実像ではない影が動くさまを踊りになぞらえたところなぞ、日常生活の中に歌や踊りを密着させている沖縄人らしくて、実に言いを得て妙。

戦後の沖縄における映画、昭和二三年に興行権をいち早く得たのは、沖縄映画興行社社長宮城嗣吉氏(明治四〇～平成十三)。後に同社は映画、演劇の殿堂「沖映」へと発展し、興行界をリードしていた。さらにいまひとり、高良一氏(明治四〇～平成八)の存在も大きい。〝奇跡の1マイル〟那覇国際通りの真ん中に「国際劇場」を建設。沖縄戦の最中に、伊江島で戦死した米従軍報道記者アーニー・パイルの名を冠につけ、「アーニー・パイル劇場」の別称でも親しまれた。当初は、山田巡回映画社の無声映画をかけて注目を浴びた。山田義認弁士の名調子が大ウケ。モノクロのチラついたフィルムだが、これなぞカバーして余りあるものがあった。

軍政府情報部が各地で上映するアメリカPRトーキー映画よりも、はるかに面白く、少年だった私も胸躍らせて「影ぁ踊ゐ」の虜《とりこ》になっていた。現代活劇「怪傑はやぶさ」「南京のサム」。時代劇は阪東妻三郎主演「鯉名の銀平」、嵐寛寿郎主演「右門捕物帖」。主演は忘れたが「神州天馬侠」等々……。文化映画と称して軍政府情報部が巡回上映する映画は、各地の学校の校庭でなされた。夕刻、四、五本の柱が手早く立てられ、野戦用の白いシーツを代用したスクリーンが出現する。映写機が回る文明的音とともにアメリカが映る。中身は「自由と平和の国ＵＳＡ」のＰＲ。野外の即席スクリーンは、多少の風にもゆれる。すると、そこに映るトルーマン大統領やマッカーサー元帥の自信に満ちた勝利者の顔が、ユラリユラリとゆれて歪み、今風に言えばホラー映画の変身シーンのように恐かったのは、敗戦国の少年だったからだろうか。併映されるパラマウントニュースのアナウンスは、俳優竹脇無我の父でＮＨＫの竹脇昌作だったことは後になって知る。

弁士映画は楽しかった。東京、大阪あたりから奄美大島を経て入ってくる闇フィルムの時代劇は殊に面白かった。フィルム入手が困難だったこともあって、同一の映画をタイトルを変えて上映するのだ。例えば、嵐寛寿郎の「右門捕物帖」と手書きされたポスターが張り出される。見る。二、三カ月すると「むっつり右門・謎の八十八夜」がかかる。これまた見に行く。内容は前に見たものとまったく同じなのだ。さらに半年もすると、町廻《まちまぁ》ゐ（街頭宣伝）のチンドン屋は仰々しく「アラカンの最高傑作！　右門捕物帖・謎の死美人」を連呼する。〝謎〟という言葉に好奇心を煽られた少年は、母親に泣きつき、映画賃をせびって見に行く。はたまた同じフィルム。しかも、各地での上映頻度が高かったせいで切れたかして、前に見た数カットがなくなっている。それでも、誰ひとり文句は言わない。娯楽に飢えていたのだろう。

しかし、少年の映画賃せびりにも限度がある。そこで少年はあることに着目した。学校帰りに当時は露天の映画劇場に立ち寄る。そこでは、映写技師が昨夜上映したフィルムの巻き戻しをしている。それを手伝うのだ。入場券一枚が報酬。声や音楽を発するトーキー映画を初体験したのは上原謙、山根寿子主演「三百六十五夜」だった。〝みどりの風におくれ毛が　やさしくゆれた恋の夜〜〟。作詞・西条八十、作曲・古賀政男、歌・霧島昇。主題歌の意味は理解できなくても、弁士ではなく俳優自身の声、サウンドそのものに感動した。しかも、主演者の姓は少年と同じく「上原」とは何かの因縁。「よしッ！この人を頼って東京に行き、映画俳優になろうッ」と、真険に思ったことであった。

そんな少年に大人の世界を覗かせてくれた映画がある。池部良、山口淑子主演「暁の脱走」だ。中国戦線を舞台に燃え上がる日本兵と中国女性の恋。その一シーンで少年は、接吻の仕方を学習した。もっとも、それを実践するのは数年後のことであった。

年齢を問わず、映画には大いに親しんだほうがいい。不特定多数で見る映画は後々、人と人を結びつける効果がある。たかが映画一本だが、時代を共有することができるのだ。

國際劇場
暗黒航路
新遊侠伝
躍進日活松竹の娯楽大作！
卓球
上映中

1960年代前半　那覇の映画館　　撮影　國吉和夫

ユーフルヤー／激減に一抹の寂しさ

〝貴方はもう忘れたかしら　赤い手拭いマフラーにして　二人で行った横町の風呂屋〟作詞・喜多条忠、作曲・南こうせつ、歌・かぐや姫。昭和四八年（一九七三）九月二〇日発売「神田川」の出だし。慎《つつ》ましやかな青春を回顧した内容は、多くの人の唇に乗って、いまなお愛唱されている。

東京下町のこだわりを常とするらしい江戸っ子は、風呂屋を湯屋と言い、江戸落語にも「湯屋番」がある。風呂屋・湯屋・銭湯と所による呼称があるが、沖縄口では一般的に「ユーフルヤー（湯風呂屋）」である。料金を取って入浴させる浴場「銭湯」は、江戸時代以降、庶民の入浴と囲碁、将棋が出来、酒の一杯も飲める広間付とあって繁盛してきたが、昭和四〇年ごろから徐々に姿を消して行った。

沖縄にユーフルヤーが登場したのは意外に早く、尚貞王代（一六八〇）。王府評定所記録に「湯屋利用に関する心得」が記されている。これを裏付ける地名があった。現在では知る人も少なくなったが、現那覇市西町の真教寺門前から北側一帯を「ユーヤーぬメー・ユーワーぬメー（湯屋の前）」と称した。これは関西方面から入って来たものと言われ、一七一三年の記録「那覇由来記」に「此所ニ、日本上方ノ者来タリ。浴室ヲ建テ有リシナリ。故ニカク名ツケタリ」とあり、湯屋と地名の由来を明記してある。

その後、衛生観念の高揚とともに風呂を持つ家庭もあったが、それは首里那覇のごく一部のウェーキンチュ（富豪）に限られていたようだ。明治期に入ってユーフルヤーは数を増し、同三一年（一八九八）ごろには十数軒を数え、那覇湯屋営業人組合も組織された。当時の入浴料は男＝一銭二厘。但し十四歳以下一銭。女＝一銭。但し十二歳以下八厘。また『一日一回、月極めにて三十銭』とあり、回数券制を導入している。

時は移り、大正五年（一九一六）十二月九日付琉球新報の紙面に那覇湯屋同業組合が載せた「値上げ広告」を見ることができる。入浴料金は大人＝三銭。中人＝二銭。小人＝一銭。（回数券と思われる）湯札＝十枚二五銭。明治三一年の「月極め」も、大正五年には「湯札」に変わり、通貨価値をふくめ時代の推移を知る。

戦後、昭和二三年（一九四六）七月から昭和三三年までの十年間、米軍政下で流通した俗に B 円と言われた軍票 B 種のころの入浴料は、大人一円ほどではなかったかと思われるが、手許《てもと》には資料がなく記憶に頼るしかない。

そのころ少年だった私の場合、湯は米製のドラム缶に焚き、家族やお隣さんが声掛け合って順に入っていた。近くに銭湯が、二、三軒あるにはあったが、有料とあってそうそう行かせてもらえない。夏場は井戸端や地域の共同井戸ムラガー、そして海浜の湧水での水浴びが常。米軍基地流れの固形石鹸をムラガーや海浜の草むらに隠して置いて、悪童ども連れだって行っては取り出し、それを泡立たせて身を清めていた。

たまに銭湯に行かせてもらえるときの学習はスーミ。覗き見である。何をスーミするかというと、男湯ではない板壁一枚で仕切られた向こう側だ。沖縄の銭湯の番台は、男湯女湯の脱衣場も浴場も見れないように出来ていて、湯屋番の人も表をむいたまま〝番〟などしないで座っている。料金を取り、今風に言えば使い捨ての安全カミソリや紙袋に入った乙女マーク・椿《つばき》マークのカラジ、ンーチャ（土製髪洗い粉）などを売るだけ。大和のように脱衣場を見張ることはしなかった。また、見張らなくても誰も他人のモノには手なぞ触れない。

悪童たちは争って服を脱ぎ、早々に躰を洗うと誰とはなく、いや、個々の意志で板壁の向うの「禁断の園」のスーミに全神経を集中させた。大人がいても悪童たちの行為を咎《とが》め立てはしない。むしろ大人も、男性自身を誇らしげに見せて「お前たちも見聞を広め、立派な大人になれよッ」と、諭してくれていたようだった。顧みれば、ユーフルヤーは、青少年健全育成および教育的指導現場だったように思える。

昭和四〇年(一九六五)、那覇市内にあった一二〇軒の銭湯は、昭和五六年六月には二七軒に激減。全島(復帰前の呼称)でも七四軒になっていた。原因は家庭風呂の普及が主だが、当時のオイルショックの影響が大きく、那覇市は助成金を出して存続を図ったが、歯止めには至らなかった。

現在はどうか。沖縄県福祉保健部薬務衛生課調べによると、平成二二年二月現在、営業しているのは那覇市に三軒、沖縄市に一軒にすぎない。ユーフルヤー世代は、このことに一抹の寂しさを覚えるが、これを懐古趣味というのだろう。

紫煙を吐きながら……／かつて「縁付け草」の役割

わざとらしい咳き込みをした上に、毛虫でも見るように顔を歪ませて、間髪を入れず扇風機を回す側近の者。ガラス戸を開けて庭に向かい、紫煙をゆっくりと吐く私。わが家で一日に十数度は見ることのできる風景である。

十五、六歳のころ、ゴーヤー、ナーベーラーの枯れ茎を煙草大に切って、大人の真似をして吸っていたが、その「大人になった」ところを誇示しようと、自前の煙草を常時持つようになったのは二一歳。以来、今日まで親しんだ煙草なのに家人にまで極悪人を見るような目つきをされる喫煙者に、私は成り下がってしまった。これからの人生、何を「癒やし」として生きていけばいいのだろうか。公共の乗り物一切が禁煙となり、側近の者が買い替えた車にも灰皿は付いていない。つまり「禁煙車」を購入するという最悪の状況に追い込まれている。

古諺に「茶とぅ煙草しぇ　蔵ぁ建たん（お茶代、煙草代を倹約しても金蔵は建たない）」とあって、茶、煙草ぐらいは日常的に嗜《たしな》め。そして、その程度の余裕ある暮らしができるように働けと教えている。また、煙草は別名「縁付け草」とも言い、島うたにも多く使われている。「久良波山田節」では、恩納間切山田の祝女殿内《ぬるどうんち》に美形のノロが居ると知った色男。長旅を口実に殿内を訪ね「煙草を一服させてくれ」とキッカケをつくり、彼女を口説き落としている。「早嘉手久節《はやかでぃく》」では、村娘ナビーは自ら渡すには人目が気になる。そこで親しい人に頼んで煙草を持たせてくれた。この間もらったばかりなのに再三の贈り物だ。いよいよナビーとオレの仲は深くなるばかりと歌い、いまでも祝座で盛んに歌い踊られているカチャーシー唄のひとつ「嘉手久」でも村娘は言っている。「丹精込めて育てて作った煙草の葉。髪の毛のように細かく上質の煙草に仕上げよう。そして、畑を隣り合わせた彼に吸ってもらおう」と、けな気に胸をときめかせている。はたまた、曲節は特定しないが情節ではこう歌われている。

寂しさぬあまり　煙草《たばくとぅ》取てぃふきば　煙《きぶし》までぃ無蔵《んぞ》が姿《しがた》なとぅてぃ

（宵闇か真夜中。人恋しくあまりの寂しさに煙草に火をつける。ため息とともに吐く煙まで彼女の姿になる。ああ、逢いたい）

ことほどさように煙草は、恋人たちの心を結びつける「縁付け草」の役割を果たしてきたことは、歌謡が証明している。それなのに、昨今は何という時代であることか。たまさかに若い女性と歓談の機会を得ても煙草を出すと、とたんに会話はとぎれ、それでも吸うと左右いずれかの指を鼻に当てて「臭いッ!」の無言の警告を発する。遂には官公庁、各会社も全面禁煙を実施。それなりのレストランはじめ、大衆食堂にも「禁煙」のステッカーが貼られるに至った。

過日なぞ、軟骨ソバを食し、至福の一服をしようとしたが店内は禁煙。仕方なく店の入口際で火をつけてみたが、灰皿がいけない。煙草業者が設置したそれではなく、錆びた空缶、ブリキ缶の代用灰皿である。察してもらえるだろうか。空缶、ブリキ缶相手に煙草を吸う……。至福どころか、これほどわびしいことはない。

禁煙の動向を何とか阻止できないものか。理論武装を目論《もくろ》んで辞書を持ち出してみた。タバコ=ナス科の一年草。葉は大形で楕円形。夏に淡紅色の花をつける。品種改良により種類は豊富。南アメリカ原産。(『日本語大辞典』)

葉たばこ=王府時代にすでに栽培。沖縄県全体の栽培面積は一九八一年(昭和五六年)に約千ヘクタール、生産量二二八三トン、生産額三五億円余。宮古、石垣、沖縄本島北部や南部の石灰岩地帯に栽培が多い。（『沖縄大百科事典』）

この解説では、喫煙擁護の理屈は組み立てられない。しからばと『世界大百科事典』十九巻「たばこ」を引いてみた。しかし、そこには起源、流通の歴史、品種、栽培法などが十二ページも費やして記載されている。しかも「タバコと人体」の項目には急性中毒、血圧の上昇、皮膚血管の収縮、発ガンなどという文字が遠慮なく踊っていて、私個人の喫煙正当化の理論の参考には、とても成り得ない。むしろ逆で、先を読むのが恐くなって事典を乱暴に閉じた。

わが家にもクーラーは入っているのに、側近の者には排煙専用の扇風機を向けられ、女性たちにはキタナイものを見るような視線を送られた上に疎まれる喫煙。

六月末の昼前、例によって庭に向い紫煙を吐きながら「煙草をやめようかぁ」と、弱気になっているところへ「郵便です」の声。届いたのは、業者さんが無料で作ってくれたタスポカード。カラー印刷された顔写真は、我ながらいい顔をしている。

石敢當／国会前でも厄払いを

昔ばなしをすると、高齢になった証拠と言われるが、若いときは新しいモノだけに目をむけて、実生活のそこいらに古くからあるモノには関心を示さなかった。それだけに、あらためて古いモノを見聞すると、その故事来歴に触れて嬉しい。年を重ねることはいいことだ。そこで、昔むかし……。

中国のある国に「石敢當」という強力無双の豪の者がいて、その国に攻め入ろうとする他国の軍勢も、いや、魑魅魍魎《ちみもうりょう》ですら「石敢當が防御する」と聞いただけで退散するほどであった。このことが琉球に伝来、いつのころからか彼の名が刻まれた石版、石柱が村落の三叉路や四つ辻に設置されるようになり、いまでも威力を発揮している。東洋人の石に対する信仰の表れと言えそうだ。

わが家も、住宅地に入った突き当たりにあるため、門の脇に「石敢當」がある。縦五五センチ、横二五センチ、幅十五センチの小ぶり、義父伊波善定が生前に設置したものだ。

邪気を祓い福を招く意味と「家庭円満の祈願と守護のためだ」と、義父は言っていたが、時折飲み込みすぎて、朝刊配達員が多忙をきわめる時刻に帰宅あそばすときは、義父のするどい視線を石敢當に感じて、酔いがさめる。「女房、子を泣かせるなッ！」。この場合、義父は石敢當であり、私は家庭に仇なす魔物である。辞書には、

せきかんとう「石敢當」（向かう所敵無しの意といい、中国伝来のもの）。九州南部から沖縄に分布する魔除けの石造物。いしがんとうともいう。

と、記載されている。大きいものは一メートル余のものもあり様々で、形も定まってはいない。「新築の邸宅の石垣や造園を受注すると、完成時に石敢當を建てて差し上げる」とは、石材業者に聞いた話である。豪邸になると、トラバーチンなどの高級石材を使用。その上、名のある書家の筆を頼み、字を刻む例もあるそうな。わが家のそれとは大違いなのは、石敢當にも貧富の差があるということか。

石敢當は、記念碑にもなる。

神奈川県川崎駅前に石敢當がある。いささかホコリがかかり、人通りの多さに紛れて見落としがちだが、近づいてよく見ると建立の理由が刻まれているのが読み取れる。

由来書＝昭和四一年九月。沖縄諸島は数次の台風に襲われ甚大な被害を受け、なかでも宮古諸島は蘇鉄地獄といわれるほどの悲惨な状況にありました。川崎市議会は超党派で救援を決議し全市的救援活動を展開しました。この碑は救援活動の返礼として宮古特産のトラバーチンに石敢當を刻み贈られたものであります。石敢當は古来中国の強力無双の力士の名前でこの三文字を刻んで三叉路やT字路に建て厄除けとする習慣が伝承し沖縄、南九州に及んでおります。ここに川崎市と沖縄を結ぶ友好親善と文化交流の絆として石敢當を建て市民の交通安全を祈るものであります。

昭和四五年九月一日　川崎市長金刺不二太郎

「川崎市に長年住んでいる私たち沖縄人も、ついつい見落としがち。これからは大いに心して拝見する。噂される関東地震を沖縄の石敢當が封じ込んでくれるかも知れない」川崎市小田を拠点に、沖縄芸能活動をしている名渡山兼一、新谷真由美父娘の感想だ。研究者によると、石敢當のほかに軍敢當、石将當、石敢放、石巌當、敢當石など四十種余の表記があるといい、特例なのか青森県黒石市にも「石敢當」があり、徳島県には「石将軍」と刻まれた石造物があるという。これらの名称のひとつ「敢當石」から連想するものがある。

うるま市川田の台地、通称「太田《うふた》ばんた」に「かんとぅしー」と称する岩瀬があって集落の目印になっていた。「かんとぅしー＝敢當岩（瀬・石）」は「はんた＝端」にあると伝えられるから、村落から離れていて、かつては近隣の若者たちのもうあしび（毛遊び）の絶好の場所であって、島うた「門《じょう》たんかー」に詠み込まれている。そして、この遊び唄を広めた民謡の大家知名定繁の顕彰碑がすぐ近くに建立されている。石敢當・敢當石の由来から考察すると「かんとぅしー」は、村落の目印であると同時に「川田・太田」に害するモノを追い払う力を発揮すると信じられていたのかも知れない。

石敢當の霊力、威力、効力を信じる信じないは別として、国乱れたいま、ホワイトハウスや日本国会議事堂前に石敢當を建てなければならない時が来ているのではないか。厄払いをしない限り、この国は戦争との縁を断ち切れそうにもない。

人相・面相・面体／相手によって変化する

若い娘たちの会話。

「お笑いのゴリって、ほんとうにウチナーギラーだネ。眉も毛もそうだし、顔そのものが濃いさぁ。一目で沖縄人って分かる」「小島よしおも、母親は沖縄だってネ。でも本人は色白でヤマトゥーギラーよネ」。

人類学的分析をいとも簡単にやってのけるのには、感心せざるを得ない。

ウチナーギラーとは、いかにも南国沖縄人的面体。ヤマトゥーギラーは、色白の大和人のそれを指している。その大和人の色の白さを沖縄人はこう表現してきた。

「ンーチクーガ　ンーチャンねぇ」。ンーチクーガは、むき卵・ゆで卵のこと。したがって、大和人は総じて「ゆで卵をむいたような色白」と例えた。さらに「ンーチクーガに目や鼻・口を描いたよう」とも言う。浅黒い自分たちとは異なって大和人は、ゆで卵のように色白。

なんとも、ないものねだりの羨望《せんぼう》があるのだ。

顔とは目、鼻、口のある頭部の前面だが、それらが一体となって感情や気質を表す。

顔が立たない・顔をつぶす・顔がモノを言うなどなど、作ることも繋ぐこともできる。

「面《つら》」もしかり。満面朱をそそぐ・赤面の至り・面持ち・面影。また、金ではられるのもツラ。厚いのもツラ。これは剥《は》がされることもある。恥は即、顔、面にかかわる。沖縄の恥に関する教訓語に曰く。

「恥ぬ有る間どぅ　人間やる」。恥を自覚できる間が人間というもので、それを失ったものは、もはや人間社会は生きては行けないことになっている。

空港やデパートなど、とかく人目につく所に貼られているのが全国に指名手配された面々の顔写真。彼らは世間に対して顔出しも、面と向かうこともできず、恥をさらしていることになる。こうした手配書は王府時代にもあったようだ。様式は御上が出す「御羽書《うふあがち》」「書付《かきちき》」と称する公文書。

玉城朝薫作・組踊「女物狂《おんなものぐるい》(一名「人盗人」)」には、人相書が用いられている。それは似顔絵ではなく、人盗人・人さらいの風体を記した御羽書・書付。

物語は、首里城下の童子を誘拐して、遠く国頭で売り飛ばそうと目論む人盗人が途中、通りかかった寺に善人を装って一夜の宿を借りる。しかし、寺にはすでに手配書が廻っていた。人盗人が眠っているスキに童子は、寺の座主(住職)に救いを求める。座主と小坊主たちの機転によって童子は難をのがれる。そこへ、子を誘拐されて狂気となった母親が、ほうぼうさまよい歩いた挙げ句、寺にたどり着いて我が子と再会。正気を取り戻した母と童子は、晴れて首里に帰るという筋立て。劇中、座主は手配書を持ち出して、旅の者・実は人盗人を前に人相書と本人を照らし合わせる。曰く。

「盗人。歳二五、六。丈程《たきふどう》(体形)、大方《おおがた》。色黒く、眉黒く、目細まく、鼻まぎく(大っ鼻)、口まぎく(大口)。髪に頭布《ぢっちん》、腰に鎌差し……」云々。

ここまで委細に指摘された人盗人は這《ほ》う這うの態で逃走する。

作者玉城朝薫(一六八四〜一七三四)は、尚貞王〜尚敬王時代の文人・官僚だが当時、首里那覇で頻繁に起きていた誘拐事件を材に作品を書いたといわれる。今風に言えば、ドキュメンタリー作品と言えないこともない。

色黒で眉が大きくて濃く、蛇のように目が細く、鼻、口の大きいものは、ヌスドゥギラー(盗人面)ということになるが、私は確かに色浅黒くギョロ目であるが目、鼻は大きからず小さからずの造作だから、ヌスドゥギラーには類すまい。両親に感謝しなければならない。

実際に人の顔・面はひとつではないように思える。内面、外面があって、相手によって変化する。俗語にも金銭を「借りるときの仏顔、返すときの鬼面、もしくは仏頂面」とあって、心証はそのまま顔にでる。正直言って私は美形の女性と、その形容とは明らかに相違・格差のある女性と対面する場合、はっきり自覚するほど顔色が異なる。それは何故。反省するに親の意に反し、長ずるにしたがって損得や悪欲に染まってしまい、イーラーヂラー（助平面）になってしまっているからだろう。

「三〇になったら自分の顔に責任を持て」。そう親兄弟に教訓されてきたが、その歳を倍以上経たいま、顔に責任を持ち得ているかどうか。ひとり鏡に向かってみたのだが、そこには無理やりいい顔を作っているユクシヂラー（嘘面）がいた。やはり、人の顔、面はひとつではない。

職位・階級／時代で変わる「将来の夢」

「ウチのパパは○○会社の社長だけど、キミんちのパパはどこの社長？」「？？？」。保育園の幼児同士の会話である。

問われた子は、考えてもみなかったことらしく、目をパチクリさせるだけだった。そのシーンを垣間見た保母さんは、真剣にならざるを得なかった。

「問うた子は、自分の父親が社長だから世の父親は皆、社長なのだと思い込んでも不思議はない。それよりも、問われた子が家に帰って、このことを父親に確かめたとき、父親はなんと答えたかが大切だと思う。詰まらないことを聞くんじゃないッとするか、パパは社長ではないが一生懸命働いている。世界中のどんな社長よりも、キミのことを一番愛している父親だよと語り聞かせたか。家庭教育の重要な一場面を考えさせられた」

保母さんは、そう語っていた。

世の中、いかなる機構、組織にも職位がある。それが明確でなければ組織は機能しないのは確かだろう。しかし、その上下と人格は必ずしも合致しない。職位は会社の場合、会長・社長・専務・常務と続き、部長・係長・主任・社員の構成が普通だろう。

その中での昇進は、なんとも晴れがましくも誇らしく、嬉しいものだ。私にも経験がある。「ラジオ制作部」のみの名刺に、やがて「チーフ」「制作部長」の文字が、なにしろ自分の姓名の上に印刷されたときには正直、小鼻が膨らむのを抑えられなかった。親孝行ができたような気にすらなって早速、年老いた母親に、インクも真新しい名刺を差し出した。

母親は言った。

「会社勤めをして〝長〟が付いたら一人前だ。これで次は社長だねっ」

私は胸を張って「うんっ」と答えたのを覚えている。

職位・階級。身近な警察組織はどうなっているのか。

国や人びとが住む地域の治安、秩序を堅持するという高邁《こうまい》な理想に燃えて警察官を目指す。エリートは別として普通、資格試験を受けて採用されると、まず拝命するのは巡査。そして巡査長・巡査部長・警部補・警部・警視・警視正・警視長・警視監・警視総監と昇進する。

組織もまた、国家公安委員会に属し、警察行政を統括する中央機関・警察庁をトップに全国都道府県に警察本部を設置。さらに、これらの一定区域を統括する機関が、われわれの近くにある警察署。ここは活動の基本的単位機関だ。そして、離島などにある駐在所には家族ともども赴任して業務にあたるためか、警察組織というものいかめしさはなく、住民に親しまれている。派出所は複数が交代で勤務。また交番は、街の要所に設けられて活動の第一線にある。最近は国際化に伴って、外国人の出入りが多く漢字を廃してローマ字「KOBAN」の表示になった。

少年のころ、悪いことはしていないのに警察、巡査という言葉の響きにビビりを感じたのはなぜだろう。そのくせ「刑事」には憧れがあり、正義のシンボルとしていたような気がする。戦前の警察権力の在り方を親の話や書物で知り、戦後の米軍MPの権力行使を生活の中で実感してきたせいだろう。制服もなんとなく高圧的権力の象徴そのものに見えたものだ。

沖縄における警察業務の実質的な始まりは、明治十二年(一八七九)四月四日のこと。熊本分遣隊の管轄下に置かれ、警察官は鹿児島県人、熊本県人で占められていたが、殊に沖縄人と直接接触する巡査は、言語や風俗習慣の異なりが理解できず、しばしばトラブルが起きたため、美里間切泡瀬村の高江洲某、首里区久場川の翁長某の二人が採用されて、沖縄県人初の巡査と記録されている。しかし、この二人の姓は見えても名は「某」とあってフルネームは記録されていない。臨時採用でそれほど重要視されていなかったかと、つい差別観念すら覚えてしまう。

自衛隊はどうなっているのか。積極的には知ろうともしていないが、軍国主義時代のそれになってはいけないという思いを込めて、旧日本軍の階級を記しておこう。下から二等兵・一等兵・上等兵・兵長・伍長・軍曹・曹長・准尉・少尉・中尉・大尉・少佐・中佐・大佐・少将・中将・大将・元帥。

戦後すぐの小学校一年生の私は三、四年生ごろまで〝ボクは軍人大好きだ　いまに大きくなったなら　勲章さげて剱さげて　お馬に乗ってハイドウドウ〟という戦前の唱歌を童謡として歌っていた。そして少年の将来の夢は、誰に教わったのか軍人から「末は博士か大臣か」に変わっていた。いまでは失笑するほかはないが確かに目指した夢ではあった。

今の少年少女は、将来にどんな夢を持っているだろうか。

カラスの声に聞くか／声なき声を聞く耳は？

「髪はカラスの濡れ羽色」

女性の髪は若いカラスの羽のように黒をよしとしたものだが、昨今はそうでもない。茶髪を主流に色とりどりに染め、カラスの羽どころか孔雀《くじゃく》の濡れ羽色が町を闊歩《かっぽ》、見ているだけで楽しい。

普通、われわれが言っているガラサー、つまり「烏、カラス」は、スズメ目カラス科のハシブトガラス、ハシボソガラスの総称。ちょっと見は全身「黒」だが、部分的に紫や緑の光沢のある羽を有している。奄美大島、沖縄、宮古の各諸島にはリュウキュウハシブトガラス、八重山諸島にはオサハシブトガラスが生息しているそうな。

ふだん見かけるソーミナー(めじろ)やクラー(すずめ)、ホートゥ(鳩)たちはわれわれに癒やしをもたらし、好感をもって親しまれているが、ガラサーはどうだ。神のいたずらか全身が黒に生まれたばかりに、忌み嫌われているのは誠にもって遺憾である。古くは霊鳥とされた時代もあり、農作物につく害虫を捕食する益鳥の地位にあったが、近年になって田畑を荒らし、収集したゴミを喰い散らす極悪鳥と目されて、駆除の対象になっているのも気の毒だ。

何時のころからか夜ガラスは不吉、縁起のよくない鳥とされている。例えば、家屋の上を鳴き飛び回ると、その家に不吉が起きると言われる。しかし、そのカラスを追い払う行為には出ず、逆に「いい事語りよう　ガラサー」（不吉は告げず、吉事のみを語っておくれでないか）と唱えて合掌したものだ。

カラスの沖縄語はガラサー、もしくはガラシ。昔から歌の主人公になっていた。他の野鳥と比べて上位にランキングされている。那覇わらべの遊び唄に曰く。

「ガラサーホーや見ゆん見ゆん　米一升がヤンムチ買うてぃ　たっちきり！」（カラスの陰部は見えるぞッ！　見えるぞッ。米一升ほどの鳥モチを買ってきて、くっつけろッ！　隠せッ隠せッ）

「子ども、殊に女の子に行儀を教えた遊び唄だ。陰部はカラスのそれでも見てはいけない。見せてもいけない。まして女の子は行儀のいい立ち居振る舞いを心掛けなさい。隠すべきは隠さなければなりませんと諭したんだね。マッテーラー（つばめ）にも、同じように呼び掛ける」。風俗史研究家の崎間麗進氏は、そう教えて下さった。

また、大宜味村喜如嘉には、次のような唄と言うよりも唱えがある。

「いぇーガラサー 汝ぁ後から 大和人ぬティップ持っちち射っ殺すんどぉ 前見りよぉ 後見りよぉ! パーッ!」（お〜いカラスよ。おまえの後ろから大和人が鉄砲を持って迫ってくる。射殺されるぞッ。前を見、後ろもよく見て逃げろッ逃げろ。最後の「パーッ!」は、鉄砲の発射音）

慶長十四年（一六〇四）。薩摩藩は領土拡張を目論み樺山久高、平田増宗ら率いる三千余の軍勢で琉球に攻め入った。薩摩入り・島津侵入・慶長の役・琉球侵略と言われる琉球歴史に特筆される大事件である。同年三月四日、山川港から出陣。奄美大島、徳之島を攻伐した後、三月二五日には今帰仁村運天に上陸した。

なにしろ「棒の先から火玉が出るモノ」つまり鉄砲なるものを武器に大和人が攻めてくる。国頭、今帰仁、大宜味の人たちは着のみ着のまま、命ひとつを引っさげて逃げ惑う以外、術《すべ》を知らなかっただろう。

こうした自分の命さえどうなるか予測できない中でも、人びとは「お〜いカラスよ。逃げろッ、ひたすら逃げろッ。殺されてはいけない。死んではいけないぞッ」と、カラスに呼びかけることを忘れなかったのである。

喜如嘉のわらべ歌に習ったのではなかろうが、日米の沖縄地上戦が激化するや、那覇からヤンバルへ逃避行動をとった人の中には、地理不案内もあって「とにかく、カラスが飛び逃げる方向へ行き先を決めた」という体験者もいる。

いま普天間や辺野古、いや、沖縄は日米政府から「棒の先から火の出るモノ」を突きつけられてはいまいか。といって沖縄人はどこへ逃げればいいのか。逃げる所なぞないのである。ここは沖縄人の沖縄なのだから。

過年、八重山竹富町小浜で牛舎内の牛がカラスに襲われ、臀部《でんぶ》などを食いちぎられる被害が続出しているとの報道があった。まるでヒッチコックの「鳥」なぞと楽観している場合ではない。カラスの世界に何が起きているのか。起きようとしているのか。カラスを害鳥とするか霊鳥とするか。判断するのは人間側にあることだけは確かだ。

江戸中期の臨済宗の高僧白隠禅師の詠歌に

〝闇の世に鳴かぬ鳥の声聞けば、生れぬ前の父ぞ恋しき〟

という道歌がある。

声なき声を聞く耳を人間はどこに置き忘れたのだろう。

ハブと痴漢に注意／被害防止　基本知識から

老人の右手人さし指は、鉤形《かぎ》に曲がっている。

「三線上手だったがハブに打たれて以来、この指にバチがはまらなくなってネ。近ごろは島うたも聞く一方だ」

老人は笑いながら言う。すると、同席の人が「このオジーがハブに打たれたのは一度ではない。三度？四度？」と念押しをする。件の老人は「まぁ、そんなもんだ」と答えて、また笑った。昔のことではない。ここ二〇年から二五年のうちの体験だそうな。あまりにも淡々としたハブ談義に私は、ビビるのが精いっぱいだった。

五月、六月。

野鳥は卵から孵《かえ》り、野ネズミなど小動物らの行動も活発化する。それに合わせてのハブの登場は、ごく自然の営みと言えよう。しかし、ハブが人間の住宅地をわが物顔で徘徊しているわけではない。私なぞこの島から一歩も他所へ移り住むことなく「沖縄人」を通してきているが、野性のハブに対面したのは二度ほどしかない。滅多に踏み入らない山中や岩場など、ハブが快適に棲める条件の整った場所でない限り、そうそうお目にかかることはない。

そんな私のハブ遭遇談ですら、時として興味をもって受け入れられることがある。ことに他府県から来た人は、目を輝かせて乗ってくれるものだから、ついつい話に枝や葉をつけて蘊蓄《うんちく》をたれたりする。

「ハブという呼称はヘビの沖縄語と思われがちだが、さにあらず。クサリヘビ科の毒蛇の一種だ。体長は大きいモノで約二メートル。胴体は黄褐色の地に鎖状の黒褐色の斑点。頭部は三角形で毒腺が発達。動きはすばやく攻撃的。奄美諸島、沖縄諸島に分布しているとは、動物辞典にちゃんと載っている。ハブという呼称は、立派な標準語だ」

およそ会話とは「話半学」と言われるように、辞典を持ち出して語れば、大抵は箔《はく》が付き信憑《しんぴょう》性を増大させるものだ。さらに「ハブを漢字で書くと波布・飯匙倩などの文字もみえる」などと、辞典の受け売りすることで話をこっちのペースに巻き込める。そうなるとお調子者の私は、いい気になってハブにまつわる昔ばなしまでしてしまうのである。

「昔々、神も人も動物もあらゆる命あるものが仲よく暮らしていたころの大昔。いたずらもののハブは、人間や動物に咬みついた後、決まって己れの尾っぽに自ら傷をつけていた。『生きとし生けるものは皆、愛し尊び合わなければならない』とする神の教えに対して、己れのいたずら行為を正当化するための秘策である。つまりハブは、人や動物を咬んだことを神にとがめられた場合『神さま。ワタシは好んで咬んだのではありません。ごらんの通り彼らが、ワタシの尾っぽに傷をつけたので、仕方なく報復したのです』と、言い訳を前もって考慮に入れていたのだ。しかし、こうしたことが度重なるに至って神は断を下した。ハブの胴体を三つに分けることにした。そして頭部を琉球に残し、胴体を大和に、尾っぽを唐の国に放った。それ以来沖縄のハブは、頭部にある毒牙で人間を咬み、大和のヘビは胴体で人間やモノを巻き、唐の蛇は尾っぽで生きものを刺すようになったとサ」

(1)【ハブの行動】ハブは夜行性。昼間はよほどのことがない限り行動しない。湿度が高く、暑い夜が行動どき。冬眠はせず、冬でも暖かい夜は動き出す。高温に弱く直射日光下では、短時間で死ぬ

(2)【ハブのいる場所】主に林や草地に生息。しかし、街中の公園や空き地や墓地にいる例は少なくない。つまり、餌になるネズミやトカゲ類などがいなければ、ハブもいない

(3)【ハブの感覚】嗅覚が優れている。舌をペロペロ出してニオイの分子を集めて、口中のヤコブセン器官で感知する。視覚もよく、動くものには敏感だが聴覚はほとんどない。また、目と鼻の間に熱を感じ取るピット器官があり、餌や外敵の体温を感知する

(4)【ハブの繁殖】3月から5月にかけて交尾。6月下旬から7月にかけて2〜15個の楕円《だえん》形の卵を産む。約1カ月後の8月下旬から9月に体長約40センチの仔ハブが孵《ふ》化。その時点で毒を有している

(5)【ハブの種類】沖縄には22種類のヘビがいるが毒ヘビは8種。そのうち危険なのはハブ、サキシマハブ、ヒメハブ、タイワンハブの4種のみである。

以上は、沖縄県が監修したパンフレット「ハブに注意!」によるもの。要するに、ハブに関する基本知識があれば、ハブ咬傷《こうしょう》被害は防止できるということだ。

過日、某所でステキな立て看板を目にした。曰く、

「ハブと痴漢に注意しましょう」

ハブより人間が恐い。

クーバー／蜘蛛に何を学ぶか

「糸巻きや垣根に利用される管竹は、適当な長さでよい。竹の先端を二、三〇センチ、それ以上でもよいが、まず裂いて両側に箸状の横棒を渡して、三角形に固定する。これで昆虫捕獲器はできた。あとは蜘蛛の巣の糸を三角部分に幾重にも巻き取りつける。これさえあればハーベールー(蝶々)、ジージャー・サンサナー(蝉)、アーケージューー(とんぼ)などの小昆虫が面白いように捕れる。傷つけずにね」

ヤンバル生まれで一回りほど後輩の友人Hは、うまそうにビールで喉を鳴らしながら得たり顔をする。男も中高年になると、少年期の遊びばなしをアテにビールを飲むことができるのだ。

話はHの孫の夏休みの宿題の昆虫採取が発端。定番の蝶々、とんぼを通り越して話題は蜘蛛に集中。沖縄語＝クーバー、もしくはクブ。蜘蛛の巣＝クーバーガーシー。またはクブガシ。「カシ」は、織物のために紡いだ糸を巻き取る道具。「綛《かせ》」を語源とし、語尾を引音・長音して「ガーシー」になったという言語論をぶち、蜘蛛の糸を引き合いに芥川龍之介を語る。ついでに黒澤明監督、三船敏郎主演「蜘蛛の巣城」を登場させて日本映画の現状と明日を論じる。さらにさらに話は一転して「クーバーが巣を掛け始めると、いいウァーチチ(天気)になる」。「朝蜘蛛は福蜘蛛」「夜の蜘蛛は親に似ていても殺すべし。不吉」などと俗信にまで発展。夏の夜のビールジョッキは、サーバーとの往来をしげくする。

蜘蛛は、節足動物でサソリ、ダニなども含むそうだが、普通の蜘蛛はその一目・クモ目真正クモ目に属し、世界の種類は約二万種。日本に限っても五百から六百。琉球列島からは、二五〇種が確認されているそうな。

「ところでHよ、蜘蛛の巣の一本目はどう張るんだろうか」

待っていました！　とHの高説は続く。

「エサになる昆虫の通り道と思われる木の枝に最初の一本目の糸口を固定。そして、出す糸に自らの身をぶら下げて風を待つ。適当な風を見計らい、それを振子の動力にして次の枝に移って、巣張りを開始するのだよ。〝蜘蛛が巣を掛け始めると微風快晴になる〟という俗信は、これが根拠。巣を掛けるのは雌。雄は交尾をする時のみ糸を通して特殊な震動を巣の中心にいる雌に送りながら接近する。しかし、しかしそれが……直接的肉体関係は結ばない。雄は、精液を己の触肢(足)につけ、雌の生殖門に塗る……。どこか切ない行為だが、さらに切ないことは、行為をまっとうした後の雄は、二度と蜘蛛の巣の外に出ることはできない。種の保存のため、栄養を取らなければならない雌に食われて、あたら一生を果てるのだよ」

ここまできて野生児Hの話ぶりのトーンが下がった。酔いのせいではなく、雄蜘蛛の一生を己の人生に重ね合わせたらしい。

蜘蛛の巣にヒントを得て、一国一城の主になった人物がいる。

北谷間切屋良村の貧農の子に生まれた若者は、木陰に寝そべっていた際、目前の木の枝に蜘蛛が糸を掛けているのを見て、「投網」を考案、近隣に広めた。このことで人望を得た彼は、やがて漁業の盛んな勝連半島に移り、時の勝連城主茂知附《もちづき》按司《あじ》を攻め落とし「阿麻和利」を名乗って君臨した。勢力を有した彼は、琉球国王尚泰久（一四一五〜一四六〇）の婿になり、琉球の天下人を目論むが、その野望は夫人百十踏揚《むむとうふみあがり》の通報によって、蜂起前に王府の軍勢に討たれる。

阿麻和利は、王府側から見れば確かに逆賊だが、居城勝連城跡からは朝鮮渡りの高麗土器、中国製の須恵器や青磁などが出土していて、琉球の貿易を興した大人物だったように思える。

蜘蛛に戻ろう。蜘蛛は、糸紡ぎ、布織りの手本として琉歌に数多く詠まれる一方、危険物にも例えられる。

〝クブぬ糸綛に掛かるなよハベル　忍ぶまし内ぬ花に迷ゆてぃ〟

まし内は「深窓」を意味するがこの場合、花街をさしている。意訳すると、若く経験の浅いハベル(青年)よ。まし内(花街)に咲く花に迷ってはならないぞ。美しい花の咲く所には、雌蜘蛛が糸を張って待ち受けている。捕まったが最後、二度と正道には戻れず、身の破滅だぞ！　となる。遊興の心得を説いているが、この一首を詠んだ御仁も若いころ、二度三度はクーバーガーシーに引っ掛かった経験があったとみえる。

ところで……いつの間に立ったのか蜘蛛博士Hの姿が見えない。どうやら愛する妻女が糸を張って待ち受ける蜘蛛の巣へ、食われるのを覚悟で帰ったらしい。自然科学を修得しても、本能に従う生き方しかできないのか男は……。

島にて　　　撮影　國吉和夫

第四章

人生は旅の如く

早春譜の館／思いがけない発見

旅はいい。

ここ十年ばかり正月は家人と、ほかに不定期に仲間との小旅行をレギュラーにしている。せいぜい二泊三日ながら「せっかくニッポンに生まれたのだから、四七都道府県を自分の足で踏んでみたい」。これが思い立ち。しかし、まだ六県を残している。そのために「預金の本」なるものを買ってきて、五百円貯金をしている。厚紙の十ページに全国の名所名物、遺跡旧跡がイラストされていて、丁度五百円がはまる穴があいている。この穴がすべて埋まると十万円。はじめの一個をはめたときが旅の始まりで、これまたときめきを覚える。

四年前の三月。仲間たちと語らって大分県の久住と臼杵をまわった。春とは名ばかりの臼杵市は、大分県東部・豊後水道に臨む城下町。味噌、醤油、酒造りの盛んな土地柄。何よりも岸壁に彫られた仏像・磨崖仏《まがいぶつ》は、平安後期から鎌倉時代に造られたと考えられる阿弥陀《あみだ》三尊、大日如来像など八〇体近くはある国宝遺跡だ。インドや中国には古くからあって、日本では大分県臼杵、栃木県大谷の石三群が有名なのを初めて知った。

石仏の徳に導かれるように立ち寄った市内の一角にその旧家はあった。吉丸一昌記念館「早春譜の館」である。その日も風は冷たく、南国育ちの面々には十分に寒い昼下がりだった。中学生のころ、兄や姉たちが歌うのを耳にして覚えた「早春譜」がよみがえり、躊躇《ちゅうちょ》なく入館した。

〝春は名のみの風の寒さや〟「早春譜」。〝むらさきの横雲は〟「浦のあけくれ」。〝うららに照る日陰に〟「四つ葉のクローバー」などの作詞。さらに〝ぶんぶんぶん蜂が飛ぶ〟の唱歌「みつばち」も吉丸の作詞。原作は「蜂が鳴く」だったが、小学校唱歌に選定された際「子どもが歌うのだから〝鳴く〟よりも〝飛ぶ〟がよかろう」と改作したそうな。

内容も「花が咲くころでも浮かれず、勉学にいそしめ。大人を見習いなさい」と、いささか教訓的な作詞意図が込められたという。唱歌にも、時代が刷り込まれていたわけだ。

蛇足ながら名前〈カズマサ〉を別に〈イッショウ〉とも呼んだ。彼は酒が好きだった。そのことから一昌と〈酒〉一升を掛けて、身近な人や殊に子どもたちからは「一升先生」と呼ばれ親しまれた。

吉丸一昌（よしまる・かずまさ）は、一八七三年（明治六）九月十五日、臼杵の下級士族の長男に生まれた。廃藩置県の世替りの中で一家は貧しく、苦学を余儀なくされた。大分中学校を経て熊本第五高（現熊本大学）へ進み、国文学を修め、さらに大志を抱いて上京。東京帝国大学（現東京大学）で国文学を深めた。卒業後、東京府立第三中学校（現両国高校）の教壇に立つが教え子のひとりに芥川龍之介がいた。

一九〇八年（明治四一）、東京音楽学校（現東京芸術大学）の教授に招かれる一方、文部省の尋常小学唱歌編纂員・作詞主任に任命されている。以来、一九一四年（大正三）までに、自らの編纂による幼年唱歌や新作唱歌全十巻を刊行。童謡運動の先がけをなした。日本初のオペレッタ「浮かれ達磨」の作詞を担当、作曲本居長世、振付（当時の）松本幸四郎だった。後進育成にも尽力、作曲家中山晋平、弘田龍太郎、山田耕筰らを世に出し、日本の学校音楽の発展に多大な功績を残している。一九一六年（大正五）三月七日没。享年四三。

その「早春譜の館」の陳列資料の中に、私にとっての一大発見はあった。吉丸一昌が東京時代、おそらく国文学の関係者と思われる沖縄出身者からの聞き書きという「琉球歌謡」の一遍。「沖縄ノハヤリ歌・登り口説」と題している。ほとんど片仮名の墨字。丁寧に読んでみると、

拝でぃ酌取てぃ＝サグトテ。袖に＝スリニ。崇元寺＝ソーギンジ。行くも帰るも＝ユク

ノカエデモ。露涙＝チヨナミラ。佐多ぬ岬＝サラヌミサチ。桜島＝サクダジマ。などとなっていて、言葉に訛りのある人物からの聞き取りだったようだ。それでも注目したのは後半の文句、「立ちゅる煙＝たちゅる　ちむり」か、「燃ゆる煙＝むゆる　ちむり」か。琉球古典音楽界で現在も議論されている件だった。吉丸一昌メモには「タツル　チムリヤ　ヨウガシマ」とある。琉球から薩摩に上る王府船の上から硫黄島をのぞんで詠んだ「上り口説」の一節。「立ちゅる」「燃ゆる」……。いずれか。研究家の参考にはなり得ないだろうか。

旅はいい。思いがけない発見と出逢いがある。春は名のみの風が冷たい三月第一土曜日に開催される「吉丸一昌音楽祭」。二三回を数える今年（二〇〇九年）は命日にあたる。今一度、訪ねてみたい臼杵。

ハチンジー／成長喜ぶ感謝の「儀式」

♪一年生になったら　ともだち百人できるかな　百人でたべたいな
　富士山の上でおにぎりを　パックンパックンパックン　パックンパックンと

「一年生になったら」の歌。作詞は明治四二年生まれの詩人まど・みちお。童謡「ぞうさん」の作詞でも知られ、今年(二〇〇九年)十一月十六日に百歳を迎えるという。作曲はテレビや映画音楽の分野で活躍した故山本直純。

　この四月。県内小学校新一年生は一万六千人余。たくさんの友達をつくってほしいものだ。

　ところが、世の中にはイヤな大人がいる。「一年生になったら」を聞いて曰く。

「富士山の上で、百人の友達とおにぎりを食べたいというが、これはおかしい。百人に自分を加えると百一人になる。足し算は算数の基本ではないか」
まあまあ、これは完璧なイチャモン。気にしない気にしない。

去る四月八日。うるま市与那城屋慶名の新一年生たちは、それぞれの家庭で「ハチンジー(初出じー)」の祝いをしてもらった。語意は、「初めて(学校に)出る」である。中学校、高校は対象外の「新一年生に限る」祝事だ。地元の話によれば、明治の教育制度実施とともになされた、いわば儀式という。入学式をおえて帰宅した後の夕刻から「ハチンジー」は始まる。初めて着けた制服姿の本人を中心にファーフジ(祖父母)をはじめ、家族が勢揃いして、一家の親戚、知人、友人、隣人らの来客を迎える。来客は「チョーメンデー(帳面代)」と称する祝儀金を本人に渡して、宴席につく。目の前には、家人が朝から仕度した赤飯、吸い物、煮物、揚げ物、刺身と、とかく馳走が並んでいる。泡盛、ビール、ソフトドリンクなども不足なく準備するのも忘れてはいない。来客は、ひとしきり子どもの成長ばなしをした後、三線を持ち出して祝儀歌「かじゃでぃ風」を弾き歌い踊り、大人の酒宴に入る。「新一年生にかこつけた単なる大人の飲み会」とは思っていただきますまい。親は、子どもが小学校に上がるまでに成長したことを喜び、それまでお世話になった方々への感謝の気持ちを表明する「もてなしの儀式」なのだ。地域の著名人は五、六軒のハチンジー祝いに顔を出す。「帳面代だけでも、結構なモノ入り」なぞと口では言いながらも、これがフイレー（つき合い。交際）として、祝座の掛け持ちを喜びとしている。もちろん、客は手ぶらでは帰さない。チトゥ（つと。返礼の手みやげ）があり、昨今はお米券と紅白のまんじゅうなどが定番。ここにも、沖縄の生活共同体の観念をみることができる。

内容はほぼ同じくするが、那覇には「ミーンジー（新出じー）」がある。しかし、いまでは昔ながらのそれは希薄になって成されていない。街方だけにいち早く大和慣れして、形を変えた入学祝になったのだろう。

私のハチンジーは昭和二〇年（一九四五）である。元石川市（現うるま市）の城前初等学校。同校は、同年五月七日に開校。石川学園とも称したが児童数七九〇人。職員二〇人。しかし、学校とは名ばかり。「校舎なし、教科書、学用品、腰掛、机など設備と見られるもの一物もなし」と、城前小学校史に記録されている。ほかの地域、殊に本島南部では、まだ地上戦が続行されていたのだから無理もなかろう。学校運営も「教育」というよりも「養護」に重点を置き、読・書・算の基礎が成された。さらに、学校の基本方針は「責任観念及び親切心、礼節等々の養成、衛生思想の涵養《かんよう》」と同校史にある。したがって、私の小学校一年生期間は十一カ月ほど。しかも、授業らしきものはなく終日、小さな手足で学校敷地の整備をする大人たちの手伝いをしていた記憶しかない。

♪一年生になったら……の歌もなく、唱歌に出会ったのは小学校三年生のときの学芸会。昭和十四年（一九三九）に発表された三苫やすし作詞の「仲よし小道」である。

♪仲よし小道は　どこの道　いつも学校へミヨちゃんと　ランドセルしょって元気よく
お歌をうたって　通う道

作曲は河村光陽。あとで知ったことだが作曲者河村は、この歌をレコード会社に持ち込み、娘の河村順子に歌わせてレコード化。それによって全国的に広まったそうな。それにしても、終戦直後の食うや食わずの混乱期に学校と保護者が一体となって、よくぞ学芸会を企画、開催したものだと、いまになって感嘆せざるを得ない。ランドセルなぞ背負ったことのない私はすでに爺。孫のランドセルを買う幸せを噛みしめている。

♪仲よし小道の日暮れには　母さまお家でお呼びです　さよならさよなら　また明日
お手てをふりふり　さようなら

初夏・茶の香り／茶と煙草は心のゆとり

立春から数えて八八日目。今年は五月二日だった。
〝八十八夜〟以降は霜も降りず、農作業・茶摘みなどを始める時期とされる。

〝夏も近づく八十八夜　野にも山にも若葉が茂る
あれに見えるは茶摘みじゃないか　あかねだすきにすげの笠〟

明治四五年（一九一二）三月。尋常小学校三年生の唱歌の本に収められた文部省唱歌のひとつ「茶摘み」だが、作詞作曲者は未詳だそうな。このころは大和では〝若葉が茂る〟だろうが、沖縄ではすでに茂り一気に夏になる。毎年の酷暑を思うとうんざりもするが〝夏も近づく八十八夜トントントン〟と口ずさんでしまうのは、気持ちのどこかで沖縄らしい夏の到来を心待ちにしているのかもしれない。

お茶の産地静岡の一番茶も出荷され、一キロ十万円だとか。沖縄でも国頭村やうるま市石川山城の一番茶はすでに摘まれ、山城集落の売店に「新茶あります」の貼紙をみた。

「おばさん。旨《まあ》さ茶ぁ入ってぇくとぅ　飲みが参《め》んそぉーりんでぃさい」

六〇年も前、少年だったころ、わが家でちょっとした慶事がある場合、ごく身近な縁者に声を掛けて「茶《ちゃー》沸《わ》かしぇ」という茶話会を開いていた。チャワキ（茶請け）は、タンナフアクルーか米軍キャンプ流れのクラッカー、あるいは自家製のアガラサーと称するイースト菌で膨らませて蒸したカステラふうなそれだったと記憶している。母の言いつけで茶沸かしぇの口上を述べに行くのが少年の役目だった。

「おばさん。おいしいお茶を入れましたので、飲みにおいでください」

沖縄産とは別に中国から輸入した通称「支那茶」は、時期的にシーミー（清明）のころに多く出回ったことから、「シーミー茶」の別名があって、この呼称の方が親しまれた。

一方、現在でも愛飲されている「さんぴん茶」の歴史は古く、中国では初め薬用として飲まれたという。「さんぴん茶」の名称も中国語の香片茶（シャンピェンツァ）が転じたもの。基本的には緑茶の茶葉にジャスミンの花弁を香りづけとして混ぜて味わいを深くした。これまた中国語では茉莉花茶（モウリイ　ホワツア）と言い、沖縄でもジャスミンは、ムイクァ（茉莉花）の名で親しまれ、宮廷音楽の「昔嘉手久節《んかしかでぃくぶし》」の歌詞になっている。〝ムイク花小花物言やんばかい　露は打ち向かてぃ　笑らてぃ咲ちゅさ〟がそれである。茉莉花の白い小花が朝露を受けて咲いているさまは、まるで人に何か云いたげな風情。花びらが笑っているように見えると意訳できよう。

モクセイ科の低木ジャスミンは、沖縄でも古くから鑑賞用として庭などに植えられ、時には花のひとひら、ふたひらを摘んで茶や白湯《さゆ》にひたして香りを楽しみながら飲んだそうな。昭和四〇年ころまでさんぴん茶は「ばらさんぴん」の名で売り出されていた。中国や台湾から箱詰めで入った香片茶を一度、専用の筵《むしろ》の様なものに広げ、茶葉と香片花を均等に混ぜてから茶舗の店頭に出された。しかも三匁《もんめ》、五匁あるいは一斤というふうに袋に入れて量り売りをする。つまり、茶筒に入ったものは別として、〝ばら売り〟をしたところから「ばらさんぴん」の名が付いたと言われる。この呼称は沖縄だけではなかろうか。

しかし、ばらとは言え、さんぴん茶を日常的に飲めるのは裕福な家庭。庶民は一度湯をそそいで飲んだ茶葉は決して捨てない。天日干しにして二度、三度と用いる。さらに、完全に出がらしになった茶葉も、庭木や鉢植えの根もとに撒き、肥料と防虫に役立てた。立派なリサイクルである。

俗諺《ぞくげん》に「茶とぅ煙草しぇ　倉ぁ建たん」がある。茶代や煙草代を倹約したからと言っても、その程度の金銭では米倉も金蔵も建たない。倹約は別のことでやるべきだと説いている。言い換えれば、どんなに貧しくてもお茶や煙草はケチらず、むしろそれを楽しむ心のゆとりを持とうと勧めている。

倹約について松下産業を興した大事業家松下幸之助翁は、幼少時代を貧苦の中で過ごした経験を踏まえて「欲しいものを買うな。必要なものを求めよ」と提言している。茶と煙草が必要なものかどうか考えあぐねるところだが、私風には、いかなる暮らし向きの中でも茶と煙草をたしなむのは、ささやかな心のゆとり、癒やしと心得て実践している。

「お茶はよしとして、煙草はどうかな」という声が家人や周囲から聞こえてくるのも確かだが……。愛煙家には住みづらい世の中になった。

ガジャンの夏・少年の夏／たくましい生命力、根性

陰暦は六月半ば。

この月を「真六月《まるくぐあち》」と言い、夏一番の暑い時期としているが、旧盆前になると「七夕《たなばた》太陽《てぃーだ》」があり、「七月太陽《しちぐあちてぃーだ》」「残ゐ太陽《ぬくてぃーだ》」と続いて、これがまた一番暑い。つまり、沖縄の暑さには二番も三番もなく、エイサーの歌三線、太鼓の音が遠退き、若者連が疲れ果てるまで、継続して一番暑いのである。

子孑に月がさすなり手水鉢　　虚子

アミジャー（孑孑・ぼうふら）がわいて久しい。かつては大抵の家のシム（下・台所）の外には、雨水を溜める荒焼きの土器・ハンドゥーがあった。通常、直径一メートルほどの椀状でや

や底のある皿型のそれだ。水瓶型のものをハンドゥーガーミと称して重宝していた。前者に「半胴」後者に「半胴瓶」の漢字をみることがある。

家屋のアマダキ(雨垂れ・軒)にティー(とい)を設け、屋根に降る雨を半胴や半胴瓶に溜めてお茶用にした。硬水の井戸水よりもお茶や白湯には、軟水のティンシー(天水・雨水)が適している。もちろん、生のそれは飲まず、沸騰させて使用するから衛生上の問題はない。

夏。半胴や半胴瓶をのぞいて見ると、いつの間にかガジャン(蚊)の卵が孵《ふ》化《か》し、アミジャーになって蠢《うごめ》いている。彼らも気温の高い日はさすがにげんなりして、水面でジッとしているが、ドアのノックよろしく器を叩くと、水面には震動が作る波紋が広がり、アミジャーたちは器用に頭と尾をS字にくねらせて、一斉に水底に避難する。それでも一分ほどもすると再び浮上して、元のジッとした態勢に戻る。きっと、酸素を十分に補給してガジャンになり、飛び立つ日を待っているのだろう。

研究心旺盛な直彦少年は、彼らの避難・浮上の反応を二時間も三時間も観察していた。少年とアミジャーのつき合いは、それだけではない。悪童ども相語らいターイユ(鮒)釣りに出かける段になるとまず、井戸のまわりの小石を裏返し、そこにひそんでいるミミジャー(蚯蚓・みみず)採りをする。ムンダニ(餌)である。次に親父や兄に作ってもらった釣り竿を取り出す。昭和二五年ごろのことだから、釣り糸は米軍のパラシュートのそれ。釣り針はそこいらの電線や針金での手製。ウキやオモリも手製。それで十分だったし、またそれ以外に術はなかった。子ども用の釣り道具を売っている店があろうはずもなく、遊具は自ら作るか父兄や年かさのものが技術を教え、手伝ってくれた。

さて。準備は整ったが出漁前になすべきことがある。半胴や半胴瓶、さらには水が溜まったまま放置されているドラム缶の中に生まれたばかりのアミジャーたちを掬《すく》う作業だ。蚊帳布や目の細かい金網を用い、これまた手製の掬い網でアミジャーを捕獲して空き缶に入れる。これで準備万端。すでに見つけておいた「鮒の棲む川」へ出かける。現場に着くと岸辺に腰をおろし、竿に巻き付けた糸をほどき、餌のミミジャーを手早く付けてポイントへ投げる。ゆるやかな流れの真ん中、あるいは流れが止まっている岸辺近くにターイユはいる。それでも釣果の確実性を高めるためにターイユの好物のアミジャーを撒く。ターイユは思わぬ馳走に嬉々として寄ってくるという寸法。

入れ食いとまではいかないが、少年たちが胸をときめかす時間は充実して経っていく。釣れるのはターイユばかりではない。トォーイユ(闘魚)、カーシェー(川エビ)、時にはカーミー(亀)、スッポンもあがる。一番困るのは、釣りのっけからンナジ(うなぎ)が食いつくことだ。こいつは大暴れにあばれて糸に絡みつき、ほどけなくなるから始末が悪い。釣った鮒や闘魚や川エビは大事に持ち帰って、大きめの瓶や空き缶、ドラム缶に放って飼うのだが、三、四日もすると飽きてしまい釣った川に帰してやった。もっともそれまでには、殊にタ一イユは白い腹を上にして泳ぐことを忘れていたが……。

アミジャーから進化論的変身を遂げるのがガジャンであることは言を待たない。沖縄にはハマダラカ、オオカ、ヌマカ、チビカ、ヤブカ、イエカなど六〇種の蚊がいるそうな。これら「カ科」の昆虫は、人間に対して吸血の害があるばかりでなくマラリア、デング熱や脳炎などを媒介する。撲滅しなければならない。

しかし、今年もガジャンは、そこいらの草むらに物凄い生命力と根性を発揮して、たくましく発育して棲み、そして飛行している。夜遊びの好きだった私も、若いころはよくガジャンに喰われたが、近ごろは彼ら、とんと寄りつかなくなった。老いた血は旨味がないのだろうか。

〝草抜けば寄るべなき蚊のさしにけり〟　虚子

七夕／星空の神秘とロマン

♪一年に一夜　天ぬ川渡る星ぬ如とぅ　契てぃ語れぶさぬ

〔ひととせに一夜、天の川を渡って逢う牽牛《けんぎゅう》と織女《しょくじょ》のように、今夜は貴女と語り合い、深く契りたい〕のは、誰しも共感し得る心情だろう。天の川の沖縄口は〝天川原〟、「てぃんじゃら・てぃんじゃーら・てぃんがーら」などなど、地方によっていろいろ呼称がある。

七夕。大和では笹竹《ささだけ》に短冊を飾り、星に願いごとをする星祭りだが沖縄の場合、実質的盆入りを意味する。この日は墓参りをして墓所を浄め「六日後は旧盆です。どうぞお揃いでお下りになり、ウトゥイムチさってぃ、うたびみそぉーり」と告げる。御取り持ち、接待しますではなく「接待されて下さい」と、先祖霊に招待の意を伝えるのだ。つまり、この日から盆行事は始まるとされている。

エイサーの稽古太鼓や歌三線が、風の具合で聞こえたり遠のいたりする夜は星空がきれいだ。流れ星を多く見ることができるのもこれからだ。沖縄的には、流れ星は一瞬の光を残して宇宙の彼方に消え去るのではなく、流星を「星ぬ家移ちー（フシぬヤーウチー）」と称し、星は今の位置から遠くの空へ移転。その行き先で再び命を輝かせると信じている。なんと優しい考え方であることか。

中国から伝わった天の川伝説は諸説ある。一般的に知られているのは、天帝が世界を治めていたころ、牽牛は農耕を怠り織女は機織りの仕事を忘れて毎夜、恋に溺れていた。このことが天帝のとがめるところとなり、ふたりは三六四日を己の職分に徹し、逢うのは七月七日の〔一夜限りにせよ〕と命じられたという説だ。この伝説の教えるところは「人は皆、勤労であれ。色恋に溺れるべからず」ということだろうが、この話は大人になってから知ればよい。子どもたちには「愛し合うことの尊さ」を星空の神秘とロマンを通して語り聞かせたほうがよろしいのではないか。

今年は、新暦と旧暦の日付がひと月ちがいでぴったりと重なった。来週水曜日は先祖神をウンケー〈御迎え〉して旧盆本番。ナカヌフィー〈中日〉、ウークイ〈御送り〉の三日間は、各家庭こぞって御香を焚き、上げることになる。

私事ながら過日、身内の年忌法要を波上の護国寺で執り行った。ありがたい読経のあと、名幸俊海住職は「何故に私どもは霊前にお香を上げるのか」と前置きして、五種類の〔香〕について解説して下さった。

（1）沈香《じんこう》＝沈、伽羅《きゃら》と合わせ読みされるように香道に用いられる上質の香。「沈には沈着、沈思のように心を鎮める意味がある。（2）丸香＝練り香とも言う。天然香料を粉末にして丸薬状に練り上げたもの。お茶席などでも用いる。（3）塗香＝「ずこう」と読む。粒子のこまかい香。俗に清め香とも言われ読経や写経の際、両手に少量塗る。（4）抹香＝多くの人が同時に焼香する葬式や寺などで指で摘んで焚く香。（5）線香＝焚くのではなく香炉に立てる。竹御香《だきうこう》や沖縄で最も多く使用されている平御香《ふぃらうこう》がこれ。

名幸俊海師は静かに語った。

「本日、私も塗香を用いて読経、供養をした。では、何故《なにゆえ》私どもは霊前にぬかずく際に御香を上げるのか。人間の心には喜怒哀楽が同居していて、常に揺れ動いている。その動揺を鎮めるのに最も効果的なのが〈匂《にお》い〉とされている。香りのよい香を焚き、上げることで己の心を鎮め、無心になり邪念を払って慰霊をする。これがほんとうの供養」

護国寺本堂での説法の聞き書きのため一字一句、名幸俊海師の言葉そのままではないが皆、神妙に納得した。この巷《ちまた》ばなしは、殊にトートーメー（仏壇）離れをした若者に伝えたくて書いたしだい。

古諺《こげん》に「御香どぅ孝行」「御香どぅ孝養・供養」がある。ゆかりの日ならずとも仏前にお香を上げて無心に合掌することが、先祖神に対する何よりの孝行、孝養、供養としている。「後生《ぐそー》や 雨《あま》だいぬ下《しちゃ》」とも言う。あの世は遠くにあるのではなく、それぞれの家の軒下ほどの距離にあるという古諺。したがって先祖神は子孫を身近で見守り、日々の言動に誤りがないよう正している。また「噂供養」なる言葉もよく聞く。線香は上げなくても、逝った人の思い出ばなしをするのもよい。

ともあれ七夕。季候的には「たなばたティーダ(太陽)」と称して、暑さは一段と強烈さを増す。それでも酷暑の間隙《かんげき》をぬってお香を焚き、しばし星たちとロマンを語らうことにする。

春は名のみの風の寒さや／鶏の行動から天気読む

フェーヌカジ（南風）は、柔らかくヤファヤファ吹くのに対して、ニシカジ（北風）はパチパチ吹く。この擬態語パチパチは、木の小枝を音をたてて折るほどの寒さを表現しているようだ。

大寒も過ぎ暦は「立春」を告げているというのに、沖縄のムーチービーサはまだ尾を引いている。おかげで、辺りに聞こえるのは〝パチパチ〟のニシカジの音と季節負けした人間の咳き込みの声である。咳の沖縄語は「サックィー」。当て字をすれば、サクは、癪か裂、クィーは声。したがって「癪声」「裂声」になろうか。

さらに、咳の擬態語はゴホン！ ゴホンの共通語に対して、沖縄語はオホッ！ オホッが普通で、コンッ！ コンッになるとハナフィチ（風邪）も、いささか重症気味。胸が締めつけられ、肺臓に響く咳だから重々気をつけて躰《からだ》を休《やす》め養生しなければならない。

この頃の雨は少々濡《ぬ》れても体調を崩しやすい。「雨《あみ》ぬ降《ふ》ゐねぇ　トゥイぬん隠っくぃーん」と言う。季節を問わず、雨が降れば鶏でさえ小屋か軒下、床下に雨宿りをするチエを持っている。それは犬もマングースも同じだろう。しかるに人間はどうだ。雨に濡れながらゴルフに興じているやからものもいれば、雨宿りのチエを持たず濡れて歩いている向こう見ずもいる。「雨ぬ降ゐねぇ　トゥイぬん隠っくぃーん」は、そうした人に掛ける「自愛」をうながす慣用語だ。

「濡でぃれーからぁ　雨ぇ怖《う》じらん」とも言う。雨具を持たず、雨宿りもできない状況で、予期しない大雨に遭った場合は、ずぶ濡れを余儀なくされる。不可抗力の事態だ。そこで、人間は一度ずぶ濡れになると、それ以上は濡れないから、もう雨宿りの必要はなくなる。雨なぞ怖《お》じなくなる。つまり、失うものは何もない気になると言い当てている。

しかし、この俗諺《ぞくげん》が教えるところは他にある。雨を「悪事・愚行」に置き換えているのだ。一度、悪事に染まると歯止めが利かず、ずるずるはまってしまう。だからこうした悪事・愚行に「染まらない・はまらない」よう諭すときに掛ける言葉である。「朱に交われば朱《あか》くなる」から「転ばぬ先の杖《つえ》」を教訓している。ずぶ濡れ状態を共通語では「濡れ鼠《ねずみ》」と表現するが、沖縄語は鼠ではなく鶏を例にして「濡《ん》でぃ鶏《どうい》」としている。

雨を避けるチエを持っているはずの鶏が、ずぶ濡れになっている姿は文字通り「尾羽打ち枯らした」態で、いかにも見すぼらしく切ない。

昔びとは、鶏が小雨もいとわずエサを求めて動き回ると、それは長雨になる兆しと見て取った。食い溜めの行動としたのだろう。また、雨の日に鶏が地面より高い所に上がって羽繕いをすると、その雨は間もなく上がる前兆と予測した。身近にいる鶏の行動から天気を読み取ったチエが面白い。いや、感じ入る。


沖縄本島北部の離島伊江島のシンボル的岩山タッチュウでも晴雨が予測できる。本部町の漁師に聞いた話だが、海を隔てた伊江島タッチュウが視界に入る間は晴れだが、かすんで見えなくなると雨になる。これはあながち虚偽ではない。

過日、朝から雨が降り風が吹く中、北部のゴルフ場を「雨ぬ降ゐねぇ　鶏ぬん隠っくぃーん」の俗諺も知りながら、石川遼になり切ってプレイをしたのは私だ。晴れることを期待しながらのそれだったが、伊江島タッチュウは重たい雨雲の向こうでまったく見えずじまい。近場の海も青を失っていた。

その日以来十日ほどは、鼻水はソウソウ、咳はコンッコンッ。家人や友人には「鶏に劣る暴挙」となじられて辛《つら》い日々を我慢した。

雨に言寄せて良妻の心情を詠んだ古歌がある。

〝今降ゆる雨や 雲に宿みしょり 里が花ぬ島 着ちゅる間や〟

（降りしきる雨よ。しばらく雨雲に宿っていて下さいませんか。いま夫は外出するところなのです。長い時は望みません。せめて夫が行き先の花の島（遊廓）に着く間でいいのです）

夕刻、夫は男心のうずくままに花ぬ島へ出向こうとする。外は冷たい雨。夫は妻の声を背中で聞いただろうが、それでも無視して傘を差したか、思い止まったか。私ならば花の島行きを即刻やめるが、あなたならどうする。いやはや、時に雨は人生を演出するようだ。

五日に一度、ヤファァヤファァと風が吹き十日に一度雨がある。気候が順調で作物によいことを「五風十雨」といい、太平の世の例えとしているが今年の天候はどうだろうか。人里には、桜の開花に誘われてソーミナー（めじろ）も山から下りてきてはいるものの、風は依然として冷たい。ともあれ、寅年の一年の「五風十雨」を祈るばかりである。

時代の中の年齢観念／変わりゆくこと歌に見る

♪連れて逃げてよ　ついておいでよ　夕暮れの雨が降る　矢切の渡し

ラジオから小ぶしの利いた細川たかしの歌が流れている。いつもは、さりげなく聞いている演歌だが、今日ばかりは感慨深い。関わりのあるニュースに接したからだ。

千葉県と東京都の境を流れる江戸川の渡し船「矢切の渡し」の船頭だった杉浦正雄さんが、(二〇〇九年) 十月二〇日午前、老衰のため亡くなった。八五歳だった。この日付の共同通信ニュースによると、杉浦さんは江戸時代から続く「矢切の渡し」を受け継いで二〇〇四年まで活躍。一九九九年には、千葉県松戸市民栄誉賞を受賞。映画「男はつらいよ」の舞台にもなり、歌謡曲「矢切の渡し」が話題になった。

沖縄の地名に多い「渡口」は、文字通り「渡し口」で渡し場だったといわれている。小島が多い沖縄のこと、手に取れるような向う岸へは船が設置されて、人々の暮らしを支えてきた。本部町の瀬底渡し船・現名護市の屋我地渡し船・伊江島渡し船・久高渡し船・津堅渡し船などなど、島うたにも詠まれて言葉は生きている。もちろん船頭がいて、朝夕の賑わいを見せていた。川幅の狭い所では、両岸に縄を張り、小舟に乗った人自らが縄を手繰って舟をあやつった地域もある。

私ごとながら、わが故郷那覇市垣花と向かいの通堂《とんどう》、つまり那覇港の南岸と北岸を往来する渡し船は「わたんぢゃー」と称し、明治橋は架かっていても、庶民の重要な交通手段だった。明治橋の通行料より安かったからだろう。昭和十八、九年頃の渡し賃は大人二厘だったそうで、そのころ母に連れられて乗船し、西町へ行ったことを微《かす》かに覚えている。「渡地《わたんぢ》」は北岸にあって、山原船やマーラン船の商い船が出入り、停泊。宿屋や商店、そして大小の料亭・小料理屋が立ち並び、琉球一の遊廓「辻《ちーじ》」と競う花街として繁盛。数々の艶《つや》ばなしや歌を今に伝えている。

「矢切の渡し」からの連想で、少年のころによく歌った童謡「船頭さん」を口ずさんでみた。作詞・武内俊子、作曲・河村光陽。昭和十七年発表。作詞の武内俊子は、広島県三原市の沼田川近くに生まれた。作曲の河村光陽も幼いころに育った福岡県北部を流れる遠賀川の風景をイメージして曲をつけたという。

♪村の渡しの船頭さんは　今年六十のお爺さん
年は取っても船漕ぐときは　元気いっぱい櫓《ろ》がしなう
それ　ぎっちらぎっちら　ぎっちらこ

RBCのレコードライブラリーにある「たのしい童謡名曲全集」に癒やされながら聞いていたが、どうも〝今年六十のお爺《ま》さん〟に引っ掛かった。戦国時代・江戸時代は「人生五〇年」と謡われ、七〇歳は古来稀れとされていた。そして、戦前までは六〇歳はきっちり「爺」だったことを思い知らされたしだい。いまどき、現役を退いて間もない御仁を爺扱いした日には、どやされるのがオチだし第一、世の中は稼働しなくなるだろう。まして、六〇歳の女性を「婆」呼ばわりしようものなら、セクシュアル・ハラスメントとやらで訴えられるに違いない。

五〇年ほど前「うちの婆さんは今年六〇歳。還暦祝いが人生最後の生れ年祝・トゥシビーになる」として、盛大な祝宴を張った例を知っている。いま、八五歳のトゥシビー、八八歳のユニぬ御祝「米寿」、九七歳のカジマヤーのように、ホテルを借り切って六〇歳の還暦祝いをする方がいるだろうか。つまり、年齢の観念は時代によって異なるということだろう。話を童謡「船頭さん」に戻す。歌詞の二番目は、

♪雨の降る日も岸から岸へ　濡れて船漕ぐお爺さん
今朝も可愛い小馬を二匹　向こう岸まで乗せてった。

と、原作はこうだが、日米戦争の戦局危うくなると、国民の戦意高揚を意図して改作されている。

♪雨の降る日も岸から岸へ　濡れて船漕ぐお爺さん
今日も渡しでお馬が通る　あれは戦地へ行くお馬
♪村の御用やお国の御用　みんな急ぎの人ばかり
西へ東へ船頭さんは　休むひまなく船を漕ぐ

童謡の中からも、その時代の国のあり方を汲み取ることができる。年齢しかりッ。無理やり、前期高齢者・後期高齢者に区分けされ、高齢化社会の弊害や不景気まで「爺・婆にあり」と押しつけられては、たまったものではない。いや、不条理だ。「長生きはしたいが、年寄りとは呼ばれたくないッ」。これが爺婆の本音なのである。いまの六〇歳、七〇歳は「矢切の渡し」を実践できる。女性に「連れて逃げてよ」と言われれば「ついておいでよ」と、応えることができる。

ベトナム大学人との交流／「悪魔の島」でいいのか

ベトナム共和国タイグエン師範大学副学長ズオン・ズイ・フン(Duong Duy Hung)氏を団長とする教育関係者、国際科学、人材育成関係者ら、国の教育機関に属するメンバー八人と歓談する機会があった。

「あなた達の国を爆撃するために、沖縄の米軍基地から連日、戦闘機や爆撃機が飛び立ちました。日米戦争で日本国内唯一住民を巻き込んだ地上戦を経験している沖縄県民は、一丸となって米軍機の出撃を阻止しようとしました。しかし、沖縄県民だけでは力及ばず、阻止できませんでした。申し訳ありませんでした」

歓迎の言葉のあとに、そう挨拶《あいさつ》をした。二〇〇四年九月九日のことである。

タイグエン師範大学は、ハノイから約七〇キロ離れた地にあり、〇三年に琉球大学との交流、交換留学生協定を結んでいる。そのため、琉球大学ベトナム語講師那須泉さんが通訳の労をとっていた。タイグエン師範大学は、少数民族が多数居住するベトナム北部にあるが、少数民族の言語や固有の伝統文化を〔いかにして次世代に伝えていくか〕が焦眉《しょうび》の課題になっており、大学の教員養成の上でも大きな課題になっているということだ。「当大学は、日本の中でも独自の伝統文化を有している沖縄に着目。沖縄語とさまざまな伝統芸能をいかに継承しているか。その現場を視察して、現状と実践を学び、自国における問題解決に資することを目的とする」とのことだった。

もちろん、県関係機関や専門家との学術的懇談の後、われわれとの交歓会になったのは言うまでもない。われわれが会うことになった訳は、もう八年になるが、島うたや琉歌、諺、俗語、芝居などをテキストにして沖縄口、大和口を勉強する芝居塾「ばん」を開設しているからだ。島うた、諺、俗語、芝居には、基本的な沖縄語が生きていて、あらためて勉強するには格好の教材。毎週、楽しみながら「ウチナー」を語っている。

那須さんの通訳を介した集いは、双方の歌や踊りを披露し合って進み、(1)時代とともに地方語は消滅の一途をたどっている。(2)英語が国際語として位置づけられたことも手伝って、自国の地方語への関心が希薄になりつつある。(3)言葉は文化。殊に地方語はその鍵を握る。などが話し合われた。

貴重な時間は待つことを知らずに過ぎ、お開きの段になってズオン・ズイ・フン団長が挨拶に立って言った。

「本日は愉快でした。おたがい努力を惜しまずに行動しましょう。（中略）冒頭、ミスター上原は、ベトナム爆撃目的の米軍の出兵・出撃を阻止できなかった、申し訳ないと言ってくれた。日本という国に来て、個人的にそのような言葉をかけられたのは初めて。世界中に平和を希求する人びとがいることを実感した」

このコメントに、ばんシンカ（ばんの仲間）は感動とともに皆、目をうるませた。名指しされた上原は、返す言葉を見つけることができず、ベトナムシンカ一人ひとりと握手を交わし、惜別の抱擁をするのみだった。

そのベトナムを旅した友人の話。

「戦争証跡博物館に行った。そのひとつの施設の一角に沖縄地図が掲示されていて、嘉手納基地をはじめ米軍の主要基地にマークがついている。それは当然と思われるが、沖縄紹介の説明書きに爆撃機が発着した『悪魔の島』とある。息が止まりそうになった。出撃する戦闘機やうるま市勝連のホワイトビーチ米海軍港を出港する戦艦を阻止することのできなかったわれわれは『申し訳ない』ですむだろうか。平和希求の拠点と位置づけをしている沖縄も、陸海空から攻撃、侵略されたベトナムの人びとにとっては『悪魔の島』でしかないのだ」

これまた、絶句して受けとめた。戦争は、自国で起きても他国で起きてもすべての人類が関わっている。今日現在、ベトナムの人たちは沖縄を「悪魔の島」視しているのだろうか。現地へ飛び、この身で確認したい思いにかられてならない。

甲子園は、次代を担う若者たちが溌らつと九〇回大会をプレーしている。八月十五日には、戦没者慰霊の黙祷《もくとう》を捧げた。

オリンピック開催の北京は、世界中の人びとが参集。自国を誇示する国旗、小旗を千切れんばかり振っている。平和そのものだ。しかし、その平和な今日も地球のどこかでは戦争と飢餓が進行している。事実、ホワイトビーチに寄港した米原子力潜水艦ヒューストンが、米海軍佐世保基地(長崎市佐世保市)で、放射能漏れを起こしていたことが八月一日、明らかになった(二〇〇八年)。

県民の抗議に対して米軍当局は「微量に過ぎず、人体への影響はない」としているが、毎度のこととは云え「そんなものか」と、納得するのに慣れ切ってはいまいか。微量、多量の問題ではあるまい。

日本は「美しい国」を標榜《ひょうぼう》する。沖縄は「悪魔の島」のままでよいのだろうか。ムヌカンゲー(物考え)をする八月である。

不発弾／生活と隣り合わせに

バクダン池は、うるま市石川集落西の村はずれにあった。

生まれ故郷の那覇市山下町・垣花を戦火に追われ避難行の末、寄留していた終戦直後の石川。教科書もない城前小学校の一年生を始めたころではあったが、夏場の遊び場のひとつで、犬かきながら泳ぎを覚えたのがバクダン池である。沖縄戦のおり、米軍機が投下した爆弾があけた穴に、近くを流れる川の水が溜まって格好の池になり、誰が名付けたか「バクダン池」と称していた。

戦争とは何か。なぜ沖縄だけで地上戦が行われたのか。そのことに思いを馳せる年ごろではなく、ともあれ何かが終わった、何かから解放されたらしいことを感じながら、犬かきに夢中になっていた。

なぜ六〇年前のことを思い出したのか。最近、各地で発見される不発弾が遠い日のバクダン池を引き出しているのである。

今年（二〇〇九）、年明け早々の一月二七日午前、西原町翁長で不発弾一発が見つかった。現場は西原中学校近くの住宅街。陸上自衛隊不発弾処理隊が出動。新聞は「付近住民の避難もなく処理された」と、こともなく一段二〇行で報じた。「不発弾処理隊」は全国都道府県に配備されているだろうか。それとも沖縄だけだろうか。

「付近の住民の避難もなく」の文字に、胸をなでおろしている自分に気づいて虚《むな》しくなる。不発弾発見のたびに避難をしなければならないのが、これまでの事例。「避難なし」の文字に慣れ切り安堵《あんど》する私は、きっちりと平和ボケしているようだ。自分が住まいし、子どもも三人が通学した西原中学校付近が現場なのに、この安堵感は何なのか。自己嫌悪すら覚える。

また、南風原町立翔南小学校六年生の男子児童二人が一月二一日朝、学校裏門近くの資材置き場の隅で、長さ約三〇センチ、直径約八センチの米国製九〇ミリ砲弾を見つけて学校に持ち込んだ。信管はついていなかったが爆発の危険性はあった。これも、陸上自衛隊不発弾処理隊が緊急出動して持ち帰った。南風原町によると、一月の不発弾に関する通報は五件。漏れ聞くところによると少年たちは「平和学習の教材になるかも知れない」と、思ったという。この少年たちの平和希求の姿勢を誰が責められようか。戦争の後始末をおざなりにしている日本国・米国の責任を問うべきだろう。

終戦直後の少年たちは、日々そうだった。民家や学校の近くに散乱する機関銃や鉄砲、小銃の実弾を拾い集めては、石で叩いて薬莢をゆるめ、中の火薬を抜き、竹筒に詰めて火をつけ、火炎放射して戦争ごっこをした。また、地面に小さな穴を掘り、それらの実弾を逆さまに立てて埋め、信管に五寸釘を当てて石で打ち爆発させる遊びもした。発射した弾は掘り出して、薬莢とともに鋳物屋へ持っていけば、高級かつ上質スクラップとして高値で買い上げてくれた。通貨はB軍票。タンナファクルー(玉那覇クルー。黒糖菓子)を買い食いするには十分な資金だった。もちろん、大人に見つかると相当なお叱《しか》りを受けるのは当然のこと。しかし、大人たちはその日の糧をあがなうのに精いっぱい。子どもたちに向ける目の余裕はなかったようだ。こうした遊びの中、実弾が暴発して落命したり、手足を損ねる事故があったことも事実である。

ほんのひと月前の一月十四日午前八時二〇分ごろ、糸満市小波蔵の老人ホーム沖縄偕生園裏の歩道で、水道工事中に不発弾が爆発。ショベルカーを操作していた二五歳の男性が重傷を負った。老人ホームのガラス窓が百枚以上割れ、軽傷者が出た。この時間はちょうど朝食をとるため、ほかの入園者は食堂に集っていて難を逃れている。現場には直径五メートルの穴があき、土砂などが約二百メートル四方に飛び散った。

こうした不発弾による人への被害は、復帰後の一九七四年から二〇〇一年までに計十一件。死者六人。負傷者四七人。さらに、復帰後から二〇〇七年までの不発弾合計処理件数は三万二四件。重量一七五七・九トン。沖縄不発弾等対策協議会は「沖縄には、いまなお約二三〇〇トンの不発弾が地中に埋まっている」と推定している。沖縄県以外に「不発弾等対策協議会」なる組織を持つ都道府県があるだろうか。

「東京大空襲もあったわけだし、もし、これら不発弾爆発事故が永田町や千代田城で起きたとするならば、政府も国会も沈黙するだろうか」

事故のデータを見ながら、仲間同士で義憤をぶつけ合っているが、やはり東京からは沖縄のみならず、広島も長崎も遠いところにあるのだろう。

糸満市の大事故があった日、米軍嘉手納基地に一時配備された米空軍最新鋭のステルス戦闘機F22Aラプターが飛行訓練を実施していた。そして、日を置かず不発弾は各地で発見されている。

十八歳の「さんしんの日」／いまや「県民行事」に

「沖縄の春は、三線の音が連れてくるのですね」

静岡県に住む染織・刺し子・人形作家の城間早苗女史からの便りにそう書いてあった。

「うまいことを言ってくれるッ」

平成五年（一九九三）生まれの「ゆかる日　まさる日　さんしんの日」も、今年（二〇〇九）で十八歳になった。琉球放送現役中に企画・提案したことだが「ラジオの時報音に合わせて、沖縄中の三線を一斉に弾く？　そんなことが可能なのか？」。当初は懸念する声もあった。しかし、物事はやってみなければ成否は分からない。

まず「第一歩」を踏み出してみようと二押し三押しして実施に漕ぎつけた。それが十八歩目の今日に至っている。いまや「県民行事」のひとつと言い切るのは自惚れに過ぎるだろうが、三月四日を春の訪れとともに待ちかね、楽しみにしている方々は少なくない。

沖縄のあらゆる芸能、年中行事の母体になっている三線。ごく普通に身近にある三線をこの日、ラジオ放送の主役にすることによって、多角的に「おきなわ」が見えるようになり、認識することができると思っている。「三線、歌謡を共有することで歴史や風俗、習慣に関心を寄せるようになった」「他府県、いや、世界に向かってわが沖縄を誇れる」「たった一丁の三線を通して親、子、孫の会話が多くなった」「学校や地域の活動が活発になった」などなど。各年齢層からの想いがRBCさんしんの日事務局に寄せられている。

県も沖縄の音楽文化を初めて「音楽産業」と位置づけて、多様な主催行事を展開し始めた。音楽と産業は、必ずしも同一線上には置けないが、そんな悠長さではいられないほど沖縄経済は逼迫《ひっぱく》しているのだろう。音楽と産業を人間の「精神と肉体」に置き換えて行動を起こしたことは、この時機一応納得している。

「歌は世につれ世は歌につれ」。時は常に流動している。その時代に成されたことの評価は五〇年後、百年後に下される。いまはただ、三線に心を託して行動あるのみと、私は考えている。

友人のT女史から手紙をもらった。

「さんしんの日が近づくとなぜか父の三線が聞きたくなって、父の弾き語りの入ったカセットテープを回します。天国の父も母も一緒に聞いているかなと思いながら……。母から

『叔父の家で働いていた父の三線を聞きに行き、それで父との付き合いが始まった』と聞いたことがあります。三線はキューピッドだったのですね、きっと。父と母は結婚し、夢を抱いてサイパンに渡ったのですが、戦争で二人の息子を失い、遺骨のカケラさえ持ち帰れず、無一文で引き揚げてきました。戦後の厳しい生活を慰め、心のよりどころにしたのは、やはり三線ではなかったかと思います。わが家で大切に箱にしまわれていたのは、父の仕事道具と一丁の三線だけでした。

先日、具志川の実家に行く途中、道端でお婆さんが野菜を売っていたので車を止め、新鮮な野菜をあれこれ見ていると、九〇歳ぐらいの彼女が言いました。もちろん、沖縄口のやりとり。『あんたは、どこの村の人?』『隣り部落ですよ』『ふうん。その部落にはねぇ、三線上手な人がいたよ。ワタシも一緒に毛遊びをしたサ』。お婆さんは笑顔で言いました。わたしは野菜を抱えたまま『その人の名前を覚えていますか』。するとお婆さんは、『よく覚えているヨ』と、遠くを見るような目で、わたしの父の名を口にしました。わたしがその娘であることを告げると、しばらく父の話になり、帰るときには野菜のシーブン(おまけ)をしてくれました。その夜は、父が残したテープの歌声『下千鳥』『具志川ナークニー』などを幾度も繰り返し聞きました。沖縄にはどのくらいの数の三線があるか分かりませんが、その数だけ物語があるのだと思います」

沖縄県の三線保有数は、さんしんの日事務局が各市町村に依頼調査をした結果、推定二二万丁という数字が出た。那覇市など都市部からは回答が得られなかったが、県人口約一三〇万割りにすると、約五・九〇九人に一丁を保有していることになる。沖縄人の行くところ三線あり！　ハワイや南米諸国、アメリカ、日本各地のそれを加算すると、いかなる数字になるのか。しかし、沖縄における三線材料の輸入先はベトナムが八六％、台湾六％、中国五％、フィリピン三％。県内産はごくわずかであり、音楽産業的には手を打たなければならない時にきている。

いずれにしても、三月四日は「さんしんの日」。沖縄中が三線色に染まる。

2006年
那覇・市場にて

撮影　國吉和夫

祝
ご案内

名曲「かじゃでぃ風節」の周辺／沖縄人の〝聖歌的〟節歌

琉球宮廷音楽。

記録本であり、教則本でもある「工工四」には上巻三七節、中巻二九節、下巻五七節、拾遺八一節。計二〇四節が記載されている。そして、上巻の第一節目には「かじゃでぃ風節」が全曲を代表するかのように堂々としてある。戦前までの表記法では「かぎやで風」と書かれて、発音は「かじゃでぃふう」としているが、最近になって旧仮名遣いに親しみのない若い世代のために、発音通りの表記を併用しようという動きがある。これは大いに歓迎すべきではなかろうか。このことは、歌詞にも言えることだろう。

それにしても「かじゃでぃ風」なる楽曲は、魔力のあるひと節だ。歌三線を習得する場合、まず「かじゃでぃ風節」から入る。三線の基本音が織り込まれていると、専門家に聞いた。他の節に比べて、このひと節は多くの人に普及。さまざまな祝宴には、決まって冒頭に演奏されることからしても、普及度が計り知れよう。

それが公式の祝儀ではなく、日常の酒宴や歌遊びにも、誰が言い出すでもなく、最初は「かじゃでぃ風」に始まる。しかも、それまで膝を崩して坐っていた者も歌う人も、これまた誰に言われなくても正座して演奏し、聴き入るのだから沖縄人にとって「かじゃでぃ風」は聖歌なのかもしれない。

これら宮廷音楽には、五節ずつを括った五節類がある。大昔節五節、昔節五節、二揚節五節がそれだが、御前風五節の中に「かじゃでぃ風節」は組み入れられている。首里城内の東苑（別称「御茶屋御殿」）だったろうか、時の御主加那志《うしゅがなし》（国王）の「御前」で演奏されたことから「御前風《ぐじんふう》」の名が付いたと言われている。このひと節目が「かじゃでぃ風」で「恩納節」「中城はんためー節」「長伊平屋節」「特牛節」と続くのは周知のところ。また、御前風五節を漢字二文字で表わすならば、かじゃでぃ風＝歓喜、恩納節＝優美、中城はんため節＝華麗、長伊平屋節＝悠長、特牛節＝荘厳と、研究者島袋盛敏氏は位置づけている。

三月四日、「ゆかる日まさる日さんしんの日」は、今年（二〇〇九）十八回目を無事終えた。ラジオの正午の時報に合わせて、午後九時までの放送の内、都合九回演奏したのは「かじゃでぃ風節」。この曲節を毎時演奏することについて、当初から八重山の方々は「赤馬節」

「鷲ん鳥節」にしてはと言い、宮古からは「とうがにあやぐ」をとの意見、本島でも若い人たちも演奏できるように、流行りの「安里ゆんた」「てぃんさぐぬ花」の採用を促す電話、文書もあった。

しかし、主催側が「かじゃでぃ風」を固定したのには理由がある。その①老若男女問わず浸透している。②技術は別として演奏できる人口が多い。③沖縄人の聖歌的節曲。④日常的祝儀歌。⑤三線音楽の基本的楽曲などを吟味しての選択であった。

「かじゃでぃ風」異聞。

野村流古典音楽松村統絃会・故宮城嗣周翁。ある日、浦添市内での所用をすませ、バス停留所へ向かって住宅地内を歩いていると、一軒の家から三線の音が聞こえる。「かじゃでぃ風」だ。しかし、その演奏は三線のチンダミ(調弦)は甘く、節入りも心もとない。(習い初めの人だな)。嗣周翁は、微笑みながらその家の前を通り過ぎたのだが、そこは古典音楽の師匠。どうにもチンダミの甘さが耳の底に残って離れない。嗣周翁は迷わず、いま来た道を取って返して件の家の玄関に立ち、ブザーを押した。三線の音が止むと同時に出てきたのは、稽古をしていたらしい初老の男性。訪問者がこの道の大家とあって男性は大いに驚愕《きょうがく》の態。嗣周翁は来意を告げた。

「わしは、古典音楽を少々たしなんでいる宮城嗣周という者だが、あなたの三線のチンダミは多少甘い。ちょいと調弦させてはくれまいか」

家の主に否があろうはずがない。玄関先でチンダミをしようとする大家を応接間に案内したのは言うまでもない。それをきっかけに家主は嗣周翁と向き合って二時間ほどの特別授業を受けたのだった。

「余計なことをしたのかもしれないが、歌者の業なのだろうねぇ」

嗣周翁はそう語っていたが、私は世にもいい話として心の奥におさめている。

大げさな例えになるが沖縄では、カラスの鳴かない日はあっても歌三線、殊に「かじゃでぃ風節」の聞こえない日はないだろう。年中行事は言うに及ばず、諸々の芸能文化、生活文化の根源を成す三線。

ヨーロッパの古諺《こげん》に曰く「歌声のある所に暮らせ。悪人は歌は歌わない」。

沖縄の今日という日も、いたる所で歌三線の音が流れている。喜怒哀楽を乗せて流れている。願わくば、歓喜を表わして「かじゃでぃ風」を歌い、そして聴ける日々でありたい。

愚弟賢兄／八〇歳が七二歳を気遣い

その日、新潟県六日町にいた。

仲間内の温泉小旅行の初日だ。三月半ばの越後は雪の中。時おり吹雪が見られ、雪とのつき合いのない沖縄人にとっては貴重な体験で「注文通りのウァーチチ（天気）だわい」と、地元の人にはわけが分からないであろうはしゃぎ方を楽しんでいた。

夜、寒さに疲れた躰を名湯で癒やし、それでも思いっきり冷やしたビールと、逆に越後の名酒の熱燗《あつかん》で乾杯した。すると、古馴染みの役者北村三郎（本名・高宮城実政）が、丹前の懐から茶封筒を出して、そっと私に見せた。

「持ちつけない現金か。大枚らしいな」

「うん。実は……」

その年生まれの北村三郎は満七二歳。数え七三のトゥシビー祝儀をすべき丑《うし》年だ。しかし北村は、老人になったことを自認するのに、いささか抵抗があって「生れ年祝い」をする気はなかった。新暦の年が明け、二六日遅れでやってきた旧暦の「丑年」の初め、兄の高宮城実から電話があった。例によって「囲碁の相手をせよ」ぐらいの用件だろうと、気軽に兄宅へ行ってみると案の定、碁盤が待っている。ともあれ、二盤、三盤ほど打ち終えたとき、兄は立ち上がり、仏壇に置いてあった茶封筒を取り、弟実政に手渡して言った。

「お前も丑年を六回りさせたんだな。躰をいとえよ。温泉でも入ってくるがいい」

「うん。実は兄がそう言って僕にくれたんだ十万円。兄から見れば弟は、いつまで経っても未熟者なんだなハハハハ」

北村はそう話して笑ったが、目は濡れていた。高宮城実氏は私も存じ上げているが、そのとき御年八〇。八つ年下とは言え、八〇歳の兄が七二歳の弟に「躰をいとえよ」と、十万円の気遣いをする。

「まさに愚弟賢兄だね」と、古馴染みの兄弟ばなしを茶化してはみたものの、なぜか胸が熱くなっていた。丑年の越後の酒が旨かったこと。ふたりして酔うた。

兄弟ばなしはアメリカにもあった。脚本家マイケル・V・ガッツオの舞台作品「帽子いっぱいの雨」は、父親がからんだ兄弟ばなしだ。西部の大牧場主の父親は、兄を英才教育し、思惑通り大都会ニューヨークの一流企業に就職できるまでにした。一方、弟には牧場を継がせる算段があって〈学問をするに及ばず〉の育て方をする。しかし弟は、好きなジャズトランペッターを目指して家出。ニューヨークの兄と同居する。弟の行為に怒った父親は、弟を叱咤《しった》すべく遠路、息子二人を訪ねる。理想通りのエリートを堅持しているらしい兄に満足、得心の笑みを見せるが、弟のミュージシャン暮らしには猛反発。兄と弟の生き方の格差に、怒りは弟にのみ向けられる。

しかし、現実はそうではなかった。兄は父親の期待とエリートであり続けるという重圧に抗しきれず、麻薬に依存してすっかり重症。弟が兄を立ち直らせるために尽力していたのである。まあ、ざっとこのような物語。愚弟賢兄か愚兄賢弟かいずれとしようか。この脚本は昭和三〇年代、ドン・マレー主演の映画「夜を逃れて」になり、那覇市の国映館で見て感動したものだ。

映画と言えば、私も兄と見た映画がある。

黒澤明監督、昭和二五年の作品「羅生門」がそれである。一年遅れで旧石川市の映画館新興劇場に掛かった「羅生門」を見に行ったわけだが当時、兄直政は二三歳、弟直彦は十三歳。兄には黒澤映画のよさは理解できたであろうが、映画はチャンバラものにしか興味を覚えなかった弟には、内容なぞまるでチンプンカンプン。ただ、目を剥き歯を剥いて太刀を振り回す三船敏郎だけが見どころ。退屈この上もなかった。

映画がハネて兄弟は家路につく。ふたりの下駄の音が星月夜に響いていた。兄は道々語ってくれた。

「芥川龍之介という作家の原作だ。藪の中で惨劇が起きただろう。それを数人の人が見聞していて証言するが、一人ひとりのそれが微妙に食い違っている。つまりだな、人の世の真実は所詮《しょせん》、藪の中にあって、いずれが真実か事実か判断しかねる。この考え方も芥川龍之介の仏教的思念のひとつだろう」

そう解説されても十三歳には、またぞろチンプンカンプン。ただひとつ覚えたのは（日本には芥川龍之介という偉い作家がいる。それにしても月形龍之介同様、時代劇俳優みたいな名前だなぁ）。このことであった。

私の場合、確かに兄直政は〝賢〟であった。何ひとつ頭の上がることはない。〈ない〉と言うよりも、その賢兄直政が去年逝ってしまってはどうしようもない。ひと言だけでも誉め言葉を掛けられたかったたと痛感するのだが、末弟の愚弟はついに〝愚〟を通していかなければならない。残念なり無念なり。

粟国島にて　　　撮影　國吉和夫

出逢い

縁は深きもの

大兄から学ぶ

＊崎間 麗進大兄

大兄としたのは「うふぅっちー」と、尊敬の念をもって呼ばせていただいているからだ。ラジオ番組「ふるさとの古典」に出演願って十五年。ふたりの仲はいよいよ深くなり、別れられなくなった。大兄はご迷惑かもしれないが、愚弟としては大兄の沖縄学を吸収しようと必死に食い下がっているのである。大兄が母親の教えとして肝に染めて実践してきたのは、この古諺。

「人からぁうしぇーらってぃん 人ぉうしぇーてぇーならん（人さまからは侮られても、人さまを侮ってはいけない）」

そして「人に侮られるのは自分に不足があるせいだ。不足ないように勉強しなさい」と付け加えたという。私もいま、崎間麗進先生から「不足している多くのこと」を学ばせていただいている最中である。見捨てないで大兄。

竹馬の友との再会

＊北村 三郎さん

本名高宮城実政。捕虜収容地のひとつ旧石川市の城前小学校以来のつき合い。勉強をともにした記憶はさらさらなく、玉小クァーエー（ビー玉遊び）やパッチー（めんこ）遊びの日々しかよみがえらない。長じて再会したのは二〇歳過ぎていた。所は那覇劇場公演中の大伸座の楽屋。少年のころトゥルバヤー（おっとり。無口）だった実政が、芸名北村三郎を名乗り舞台に立つとは、にわかには信じられなかった。

いま、沖縄演劇史や洋画邦画を語らせると人後に落ちない存在になっている。新作にも積極的に取り組み、共通語脚本の方言訳、市町村劇の指導演出、後進育成等々の活躍ぶりには頭が下がる。そして八年前、備瀬善勝、私とともども立ち上げた言葉の勉強会・北村三郎芝居塾「ばん」の塾長である。昭和十二年、北谷町生まれ。

不思議な因縁

＊大宜見 小太郎さん

　名作人情喜劇「丘の一本松」を初めて見たのは、昭和二九年頃。旧石川市の「みよし劇場」における大伸座公演の舞台。新劇の本を読み漁っていた高校生だった。それが十年後、琉球放送に入社して芸能番組を担当するようになって、小太郎さんと親しく会話。お宅にも出入りさせてもらった。その上「丘の一本松」という作詞までし、おまけに同劇続編の脚本二本を書くことになろうとは。〈出逢い〉とは、不思議な因縁としか言いようがない。

　芸談のほかに軍隊時代の話も聞いた。

「名前が大宜見というだけで『沖縄モンのくせに、おそれ多くも〝オウキミ（大君）〟とは何と不遜なっ！』と、点呼のたびに上官に殴られた」

　私は小太郎さんと、上海沖で戦死した長兄直勝、ビルマ戦線に散った次兄直繁と重ね合わせていたのか。忘れ得ぬ人である。「ナオさん」と呼んで下さったスーカラーグィ（潮枯れ声・ハスキーボイス）が懐かしい。

　一九九四年死去、七五歳。

沖縄への「ひたむきさ」

＊森口 豁さん

一九五六年。彼らは東京の玉川学園、私は石川高校生だった。沖縄出身者をふくむ男女十五人が交歓学生として沖縄を訪れたのだ。「自由」を校風とする玉川学園の彼らの言動には終始、圧倒された。なにしろ「生の大和人」と、まともに会話するのは初めてだったからである。後日、琉球新報社を職場として再会するが、なにやら深い因縁を感じないわけにはいかない。

森口豁は今、ジャーナリスト一筋に真正面から沖縄と向き合い多くのリポート・著書を出し、基地、戦争、平和、自由、その中の人間を世に問い続けている。そう書くと堅物のように思われがちだが、いたってやさしい男だ。人情ばなしに弱く涙もろい。それを知りながら極楽とんぼの私なぞ、森口豁の真剣さ、やさしさに、またぞろ圧倒されると同時に、たるみがちの気持ちを引き締めざるを得ない。同年齢なのにどうしてこうも「ひたむきさ」が違うのか。逢うたびに痛感する。

「いい笑顔」が財産

＊古謝 美佐子さん

「小ミサはいくつになった」「琉球放送と同じ歳です」。

歌者には大城美佐子がいて彼女を「大ミサ」。古謝美佐子を「小ミサ」と呼んでいる。

一九六二年、小ミサは母親に送り迎えをしてもらい、出身地でもある嘉手納町内の津波恒徳・石原節子の民謡研究所に通っていた。ちょっと鼻にかかった少年のような歌いっぷりに興味を覚え、レコーディングをしたのが「国頭さばくい」「すーしすーさー」。天性の「いい笑顔」は、小ミサの財産になって、いまや堂々たる歌者になった。

生り島カディナー（嘉手納）をこよなく愛し、女性歌者で地域のエイサーの地謡をつとめたのは小ミサたちがはしりではなかろうか。いま、県内はもちろん大阪、東京、福岡いやいや、全国を歌行脚している。「嘉手納、もちろん沖縄あっての私。このスタンスは崩しません」。そう言い切る小ミサも私生活では五人半のグランマである。

ちなみに、琉球放送の生年月日は一九五四年一〇月一日。

目の輝き変わらず

＊屋良 朝春さん

朝春の丸坊主だった頭にも霜雪が積もり、紅顔も髭で白くなった。ただ、六〇年近く前の目の輝きだけは、いまも変わらない。石川中学校のころ、トランペットを共に吹き、高校では演劇に熱中していたが、朝春は絵画に目覚め、美術部に唯一あったミロのビーナスの石膏像と終日、ミークーメー（にらめっこ）していた。時折、部屋をのぞくと上衣とズボンを脱がされ、幾度モデルをつとめたことか。

いま、沖縄画壇にどっしりと位置している朝春の作品。〇《まる》ひとつ、まともに描けない私だが、朝春の絵が何を言っているかだけは解かる。古馴染みのよしみで解かる。数年前から本格的にサンシンを楽しんでいるらしい。それなら私の腕の方が上かもしれない。

近々、本部町伊豆味のアトリエを訪ねて、朝春のカミさんひとりを観客に「サンシン二人会」をやろうかな。屋良朝春画伯を「ちょうしゅん」呼ばわりするのは、私がひとつ年上だからである。容赦。

まるで織姫と彦星

＊城間 早苗さん

静岡県在の彼女は、気象台よりも先に沖縄の「梅雨入り」を告げてくれる。藍染の原料・藍草刈りにやってくるからだ。

三〇年ばかり前、琉舞をモチーフにした和紙人形を見せてもらったのが初対面だったように記憶している。以来、刺し子、藍染の彼女の作品を鑑賞。しかし、門外漢の私は逢えばビールに誘うだけで、彼女の世界には立ち入らない。いや、立ち入れないのである。

東京渋谷生まれ。武蔵野美大油絵科卒というのも最近知った。三五年前、旅行で来沖。琉舞、歌三線に魅せられたのはいいが、こともあろうにいきなり大御所島袋光裕師の門を叩いた。「わたしは、おどれない最後の弟子よッ」と、自負してやまない心意気に共感して、今日までつき合いを続けている。

早口の語り口調には、ときどき振り回されるが、それでも十分に心を通わせることができる。城間早苗には、年に一度しか逢えない。まるで織姫と彦星だ。

島うたの達人

＊山内 昌徳さん

昭和三三年（一九五八）三月。ＮＨＫのど自慢全国大会に民謡の部沖縄代表として出場したヤマチぬオトー（山内のおやじさん）。このことは戦前戦後を通して初。歌ったのは得意の「ナークニー」。独特の節回しは「やまちナークニー」と称される。当時「政治力では成し得なかった日本復帰を、島うたは先に成した」と快哉の声が上がった。

個人的にはラジオ、テレビへの出演交渉が出逢いとなるが「一〇〇年に一人の美声」の呼び声がすでにあった。御歳八六。現役は退いたが、後進の指導の意欲は衰えてはいない。

山内家には、いつでもスーチカー、スージキーとも言うが「塩漬け肉」がある。時間を見つけてはオトーを訪ねる。島うたの話よりも、スーチカーを肴に洒落の効いた色ばなしを聞くのが楽しい。島うたの達人は、人生の達人でもある。

今月二六日、沖縄市民会館で息子たけしと歌会「島うた・誇らしゃ・山内ぶし」を開催する。ますます盛んだ。

「沖縄そのもの」

＊宮里 千里さん

思い切った名前に思える。「虎は千里を往って千里を還る」にあやかって、寅年生まれの彼は「千里」と命名されたと聞く。特別なきっかけがあったわけではないが、彼がニーシェー時分からのつき合い。

バリ島に遊び南米へ飛び、離島を含む県内外をシマサバ（島草履）をはいて歩き、沖縄人の視点で見聞したモノを書きつづけている。そして、それらを『アコークロー』『シマサバはいて』『シマ豆腐紀行』の表題で出版。彼一流の文体からにじみでるそれは「沖縄そのもの」として受け取っている。

困ったことには、彼のことを「センリー」と尾語を長音にして呼んでしまう。立派な地方公務員であり、要職にある人物だから、もう「センリー」呼ばわりはやめて「千里さん」と「さん付け」の声の掛け方をしようと、本気に思っているのだが……。名前の尾語を伸ばすのは、沖縄人の親しい間柄を表わすそれである。このまま「センリーでいいよな、センリー」。

歌三線なかなかのもの

＊新谷 静・紗織 姉妹

二二歳と十八歳のもっとも若いガールフレンドである。神奈川県川崎市に住むＯＬと高校生。父宗一、母真由美。実は母方の父が野村流音楽協会師範の名渡山兼一。名渡山との出逢いが実質的には長いわけだが、爺よりも孫の静、紗織との仲が私はいい。名渡山が主宰する沖縄芸能研究集団「絃友会」(海外会員を含めて約二〇〇人)に幼い頃から入会。歌三線はなかなかのものだ。

祖父名渡山兼一のことを「まるでシーサー顔」と評したことに激怒した姉妹。「祖父がシーサーＡなら、直彦さんはシーサーＢだッ」と切り返した。そして「Ｂ」は、週に二、三度は交わすメールの私のサインになっている。三線の稽古中は、祖父を「先生」と呼び、私生活とはキッチリと区別している姿勢が私は好きだ。いまや、大切なメル友で関東の四季や日々の事柄を(要らないことまで)知らせてくれる。それよりもなによりも姉妹揃って美人なのがもっと好き。

ベンちゃんと〝発熱〟議論

＊詩人・高良 勉さん

ふだんは日常のテーファばなし（面白ばなし）をかわしているが、ひとたび文化論、沖縄論になるとギョロ目をさらに大きく青光りさせて、真正面から切り込んでくる。浅学のわたしはそれについていけず、発熱することがある。なのに会えば「ベンちゃん」と呼び、彼の熱情にふれさせてもらっている。

一九七四年、風狂の論客故竹中労と共に「琉球フェスティバル」なる歌会を東京・日比谷野外音楽堂で開催した。ベンちゃんは静岡大学生。かの地から駆けつけて会場にいたらしく後日、そのことが縁で知り合うことになった。眼光は鋭いが、笑うとまるで少年だ。このやさしさはどこで身についたのか。もちろん、両親からのいただきものもあろうが、察するところ舞踊家である高嶺久枝夫人に〈教育〉されたものと、わたしは決めて納得している。最近は、個人的に会う機会が遠のいているが、近々ベンちゃんの文化論、沖縄論にふれて、高熱でよし、発熱してみたい。

青春のモデル

＊上間 久雄さん

「青春とは、真の青春とは、単に若い時代を言うのではなく、精神的なそれをさすのである。歳を重ねるだけで人は老いない。夢を失ったとき、はじめて老いる」。サムエル・ウルマン著、新井満訳の「青春」を二冊購入。一冊を私に渡してくれた。なにしろ読書家である。公務員を定年退職後は、現役時代の経験を請われて週に二、三度、関係企業に出勤している。

沖縄口の会話を中心に、大和口ともども勉強している集いで八年前に出逢った。七三歳。上間さんは夫婦してスポーツジムを楽しみ、加えて本人はソフトボールチームに属し、主力選手として全国各地に遠征を続けている。「ことばの勉強会」のメンバーからは「お父さん」と慕われ、若い人たちとの会話を楽しむことも忘れない。サムエル・ウルマンの言う「青春」のモデルのように思える。私も上間さんのような前期高齢者でありたい。とかく、好きな人のひとりである。

放送屋を続ける力に

＊永 六輔さん

「なにか手伝うことはないか」。永さんに初めて掛けてもらった言葉だ。一九七五年だったか、ところは東京上野・本牧亭。嘉手苅林昌独演会の楽屋。映画監督・大島渚、熊井啓、評論家・竹中労、作家・長谷部日出雄さんらと談笑中だった。

仕込み完了を告げると永さんは座を温めず「では、下足番でもしましょう」と、すぐに出て行った。そして実に下足番のみならず、亭内の売店で駄菓子等々の売り子をしていた。江戸っ子の永さんには、本牧亭はわが家だったのだ。

「ラジオを聞けば、その地方の文化がわかる」。この言葉にどれだけ勇気づけられたことか。「日本列島、ここ(自分のいるところ)が真ん中」「東京からは沖縄は見えないが、沖縄からは東京がよく見える」。永さんのこれらの言葉を得て、私は沖縄の放送屋を続けている。永さんが、沖縄ジァンジァン(閉館)や、全国でやっている「ことばのコンサート」をパクッて、不定期ながら私もそれをやっている。真似は楽しい。

昔の演劇仲間の娘

＊知念あかねさん

ＲＢＣｉラジオ編成スタッフだ。十年以上、毎日のように逢っている。仕方なく持っている携帯電話の番号、メールアドレスの新規、削除作業の一切を彼女の世話になっているのは、自分ではできないからだ。バイオリンをよくすることから、私の着信音「かじゃでい風」を採譜して入れてくれたのも彼女。

有り体に言えば、彼女と親しくしているのも実は、彼女の父は劇作家・演出家・知念正真だからだ。石川、コザと高校は別だったが学生演劇で交流があった。後に知念正真とは琉球放送を職場とするようになるのだから〈出逢い〉は、なんと奇縁をもたらす。彼はいま、演劇集団「創造」を率い岸田戯曲賞を受賞した「人類館」をはじめ、新劇を通して沖縄と向き合って行動している。演劇落伍者の私は、彼には頭を下げっぱなし。

娘あかねには近々、父親を交えて「旨いものを食べに行こう」と、話は都度しているが、なかなか実現しないでいる。知念正真は多忙のようだ。

辛口づき合い

＊大工 哲弘さん

「復帰運動の中で歌われた『沖縄を返せ』は、作詞全司法福岡高裁支部・作曲荒木栄とはっきりしているのだから〈沖縄に返せ〉などと歌ってはいかんなテッちゃん」

さる所でそう歌うのを聴いて言い、彼の表情を曇らせたことがあった。大工哲弘は、いまや八重山民謡の第一線にいる歌者のひとりである。彼が八重山農林高校在学中に出逢っているから、もう四〇年余。紅顔の少年は五回の生れ年を回している。

テッちゃんが私のことを〝ヒコさん〟と呼び、兄貴扱いしてくれるのをいいことに常々、辛口を呈する役目をしているが、それでも見切りをつけることなく家族ぐるみのつき合いをしてくれるのは、彼のふところが一段と深くなっているからだろう。このことには気付かないふりして、辛口づき合いを続けるつもり。たとえ彼が迷惑がっていても。それにしても、私が誘って始めさせたゴルフ。このところ、とんと勝てなくなったのがなんとも口惜しくてならない。

納得と絶句

＊森根 尚美さん、徐 弘美さん

ふたりとも「さんしんの日」のディレクターだ。毎年、十月一日には事務局を立ち上げ、九時間十五分生放送の仕込みに入る。両人とも十六年関わっているため仕事のツボを心得ていて私なぞ、いまではおんぶに抱っこをされている。

それぞれ小学生と中学生の母親。大げさではなく「さんしんの日」は、彼女たちの家族の理解があって成り立っている。今年二月に入ったある日、「これから本番の日まで私は、酒を断って体調を整えるよ」と、前向きに発言したことだが、両人の返事はこうだった。

「慣れないことをすると、体を壊しますよ」。納得と絶句以外、術はなかった。両人はじめ、多くの人の支援があって昨日三月四日「さんしんの日」を終えることができた。番組作りのみならず人間、ひとりでは生きていけないことを尚美、弘美に数えられる日々である。

物知りのバタやん

＊川端 吉郎さん

自由塾「遊」主宰。漢字の成り立ちや言葉の変遷などを同好の面々と語らっている。鹿児島県薩摩郡下甑村手打出身。「甑」は「こしき」と読み「蒸し器」を意味するそうな。蒸し器の沖縄口「くしち」に通ずる。沖縄在三九年、立派な「沖縄人宣言」をしている。

かつて、琉球放送ラジオの番組制作、編成を共にしたひとつ先輩だ。番組のワイド化に伴い数々の企画、制作をしてきたが、ひとつだけ実現していない企画がある。

「アメリカ本土から沖縄文化を逆に沖縄向けに放送しよう。より沖縄が見える」

これである。おたがい「バタやん」「ヒコさん」と呼び合って、いまだ日の目を見ない企画を諦めてはいない。とかく物知りのバタやん。紙と鉛筆を前にすると時間の短さを恨む仲である。

人をなごませる笑顔

＊金城　洋子さん

三一年前「にーびちすがやー」で民謡界に出た彼女。その世界では旧姓を名乗っているが、寿司職人・上原利光と結婚。戸籍上は上原洋子だ。なにしろ、接する人をなごませる笑顔が魅力的。いまでは、寿司屋の看板女将をソツなく張っている。実父は古参の歌者・金城実さん。彼としては、母親似の美形を活かして父娘ユニットを目論んでいたのだが、娘は歌三線人生よりも、夫の後押しを躊躇《ちゅうちょ》なく選択した。

「娘なんてのは親よりも夫の肩を持つ。育て甲斐がないなあ」

実父はときおりグチをこぼすが、目は笑っている。諦めたのか納得したのか。金城実さんはラジオの公開番組、民謡のど自慢のころからだから四〇余年。洋子さんは、八木政男さんの相方としてラジオ番組「民謡で今日拝《ちゅうが》なびら」を勧めたことがきっかけの三二年のつき合い。最近は歌者父娘というよりも、個人的なそれが多くなっている。

流木に命を吹き込む

＊當山博一さん

「何事もない土曜、日曜日を迎えられると県内各地の海浜を歩いている。どこからか流れ寄る流木拾いのため。言わば一度、大地を離れた流木に私なりの命を吹き込むのです。たまらなく感動を覚えますよ」

當山さんが流木に命を与えて蘇生させるのは「さんしん立て」だ。これがまた、素人技とは思えない立派なオブジェ。木のフシや木肌を生かし黒塗り茶塗りのそれに生まれ変わる。「ゆかる日まさる日さんしんの日」には毎年数台を寄贈。来場者への抽選賞品に充てている。本人も歌三線を趣味とし、最近は作詞作曲にも遊び心を発揮している。具志川署時代「一灯・上灯・ありが灯」をキャッチフレーズに防犯灯常設キャンペーンを展開した。

この四月はじめて逢って渡された名刺にはこうある。

沖縄県浦添警察署副署長・沖縄県警視 當山博一

おっとり型のガージュウ　＊上地 律子さん

ある古典音楽歌者は言った。「上地律子さんに箏《こと》を弾いてもらって、二揚五節を思い切り歌ってみたい」。門外漢の私には知る由もないが、歌三線と箏は一心同体。呼吸を第一とするそうだ。その呼吸を求め合う奏者たちの心情は解らないでもない。共演が叶えば、双方ともに嬉しいことだろう。

一九八八年。沖縄ジァンジァンの舞台に「女だけの花遊び」を掛けたときが、ちゃんと向き合った親交の始まり。箏曲界の大御所伊良波ツル師匠の愛弟子。笑顔が可愛い、おっとり型の女性だが、反面ガージュウ(我が強い)さをのぞかせ、私もたじろいだこと再三。父母も古典音楽を愛好し、古典の大家の故上地源照氏は叔父。女性に年齢を問うのは「失礼」を厳守して、律子さんのそれは知らないが、十六歳から箏に向かい今年、四四年目になる琉球箏曲興陽会師範である。

きっちりした行動派　＊中村 晋子さん

映画の製作スタッフを経験しているからだろうが、諸々のイベントの仕込みや裏方を完ぺきにこなしている行動派。私もある舞台公演がきっかけで知り合ったが、逢えば私が発する無駄ばなしを右に左にかわしながら、きっちりした話に修正してくれる。

ごく一部の仲間内での愛称はピーター。初対面で私がつけた。本人にその意識はないようだが、映画や舞台、テレビで活躍する俳優・ピーターこと池畑慎之介に似ている。テレていた彼女も、いまでは声を掛けると「ハイ」と返事をするようになっているのは、気に入っているのだろう。

「人の中にいるのが好き」という張り切り娘も、実は寂しがり屋と見てとれる。いつものように、ちょいと冷たいものを喉に通しながら映画や舞台ばなしを楽しみたい。読谷村文化センター勤務。

沖縄の花売り息子

＊平 隆司さん

私は「タイラー」もしくは「タカシー」と呼び、彼は「ヒコさん」と呼びあっている。沖縄人は人名や物の名称の語尾を伸ばして言う。人名の場合、それは親しくなった証でもある。近ごろタイラーは、一〇〇を切るゴルフを楽しんでいる。自らを「タイガー」と称している。ウッズに憧れてのことだ。言葉遊びの好きな彼は、話術を心得ている。

ニーシェー（青年）時代からの付き合い。コザで少年少女歌劇団「丹躑躅《につつじ》」を立ち上げ、それは後に「笑築過激団」に繋がっていく。

花屋の息子は、製パン会社の夜警など、さまざまな世間を渡り、ラジオ沖縄のディレクターを経て、現在は沖縄県花卉卸市場株式会社の社長。もちろんのことだが、好きなゴルフは後回し。県内外の花卉生産農家や業者間を飛び回っている。自らを「東京の花売り娘」ならぬ「沖縄の花売り息子」としているのも彼らしい。

九七歳の大兄

＊仲本 潤英さん

「言葉は人類の財産であり、文字は人間の最大の発明である」。そう木版に刻まれている。ウフーッチー（大兄）と、勝手に呼ばせていただいているが、木版の文字はもちろん大兄の自筆。あることの記念にと私に下さった。

声をかけてもらったのは、もう十三、四年前の神奈川県川崎市。大兄は昭和七年の二〇歳の春、出身地真和志村銘苅（現那覇市）から上京。後に横浜で会社を興し定住していた。十年ほど前「老後は生まり島で」と帰郷。現在は那覇市曙に住まいして彫刻、俳画、書、随筆を友としておられる。大正二年生まれ、九七歳の大兄は「若い人と話すのが好き」と言い、昭和十三年生まれの私も「若い人」のひとりに加えていただいている。

先月は「九十七歳の手習い、仲本潤英作品展」を開いた。大兄に「人生の達人」を羨望をもって見ることができる。

粘りと集中力の人

＊長浜 真勇さん

本人はつとめて、くだけた会話を心掛けているようだが、五分と待たず大真面目なそれになる。根っからのいい人なのだろう。

十八年前「ゆかる日まさる日さんしんの日」を立ち上げた際、琉球音楽の祖アカンクー（赤犬子・読谷村ではそう言う）の里ということもあって、当時の村長山内徳信氏に協力を求めた。同席したのが長浜真勇さんだった。自らも歌三線をよくし、熱心なバックアップをいまもっていただいている。村行政の中でも文化のみに目を向けて、ユンタンヂャ（読谷山）から片時も目を離さない人だ。「座喜味城跡や残波岬周辺を三線の棹《さお》にする黒木・黒檀で囲もう」。この遠大な夢を持って同士と共に植樹を実行している。

彼の粘り、集中力は私に欠けている部分だ。学ばねばならない。現在、読谷村文化協会副会長。

ふくよかな笑顔の人

＊兼嶋　麗子さん

笑い上戸だ。この人には「悩みなぞない」と言い切りたいほど明るい女性。こちらの多少のブルーな気持ちは、そのふくよかな表情、笑顔に接するだけで霧散させてくれるのだ。

クラシック音楽、まして声楽とは縁遠い私がなぜ彼女に出逢えたか。彼女の母千代さんは、琉球古典音楽の大家・幸地亀千代師の娘。したがって彼女はその孫にあたる。このことを確認したことから、一方的に彼女に近づいている。云ってみれば「体形は祖父の血」と納得。歌三線の大家の孫がクラシックの声楽家。このＤＮＡがなんともいい。声帯も祖父ゆずりなのだろう。

彼女が日常会話で発する声もメゾソプラノに聞こえる。私は出もしないテノールで受け答えしているが、この雑談ジョイントも結構快い。ともかくも、出逢えてよかった存在感のある麗子さんだ。

故郷愛する〝ゲラ子〟

＊宮腰タマ子さん

とにかく〝ゲラ子〟である。本当によく笑う。それが快くて私なぞ、三〇年前のおやじギャグを連発するのだが、それにも新鮮に反応してくれる。

ちょうど十一年前、当時の県北海道事務所所長田里正夫氏らの発案があって、島うたや一人芝居を公演した際に、宮腰タマ子もスタッフ兼出演者の一人だった。彼女自身、琉舞をよくし、そこからの広がりで琉球横笛に入り、現在は宮古の「あゝぐ」にどっぷり。遂に琉球国民謡協会、今年度の優秀賞を取得している。

糸満市真栄里の出。札幌市で胡蝶蘭を栽培する宮腰要一氏に嫁いで北の国生活三二年。自らは税務会計事務所に勤めながら「うちなぁ」と向き合っている。かの地の季節々々の情報をこまめに伝えてくれるのがうれしい。

働き者に全幅の信頼

＊仲宗根 豊さん

生まれた宮古島市来間から約二二キロ南の八重山に定住。観光船事業に関わり、自らも鳩間島周辺の海に潜って、星砂の採集などを生業としながら宮古古謡「あゝぐ」を歌い続けている。唄者国吉源次氏の紹介を得て、長いつき合いをしている。

歌唱力もさることながら、無類の働き者なのが私の中では「信頼」を増幅させる。また、就学児童の有無で存在が危ぶまれる鳩間島を憂い、県内外児童を受け入れ「里親」を長年勤めてきたことは、森口豁著『子乞い』に描かれている。

とは言っても堅物ではない。共に北海道を旅し、小樽の石原裕次郎館で求めたジャンパー、ベルト、ピンクのシャツを着用、〝鳩間裕次郎〟を自称しているが認知度は極めて低い。千葉大学商科に進んだとのことだが、学資だけを浪費し中退、いや自ら身を引いた。その浪費の借金を父親に返済するため、今日も八重山の海で働いている。

若き「本土脱出組」

＊伊藤 幸太さん

沖縄国際大学及び大学院に学び、沖縄に定住している。研究テーマは「琉球の文学」。その世界にのめり込んでいるうちに歌三線にとりつかれ、いまや八重山歌謡にどっぷりつかり、先日の「とぅばらーま大会」で優勝。歌者大工哲弘の門弟。東京都町田市出身、二六歳。

逢うごとに「東京にも大学はあるのになぜ沖縄なんだ」と、同じ疑いをかけるのだが、返事はいつも「さあ……?」。日本復帰後おきた大和の若者の「本土脱出組」のひとりとも思える。しかし、伊藤幸太は軽々しいそれでは決してない。沖縄人と同じく、いやそれ以上に沖縄と向き合っている姿勢がいい。

沖縄暮らし八年。年齢差から私は、勝手に保護者ぶって、いい嫁を探してやらねばと思っているが、幸太の落ち着きようからして、もう特定の沖縄女性がいるのかもしれない。昨今の沖縄は、幸太ら大和青年たちの目にどう映っているのか。会話するのが楽しい。

「童顔の歌者」も還暦

＊徳原　清文さん

常に眠っているような細い目。童顔なところから本人は、歌者の貫禄《かんろく》を示すために髭をたくわえている。しかし、彼も今年は還暦。ようやく「歌者の貫禄は見た目ではなく歌唱の実力をして他人さまがつけてくださるものなんですね。いよいよ歌の道が遠く長くなってきました」と言えるようになった。徳原清文も立派な年の功を悟ったようだ。

島うた界の第一線にある一方、地道に研鑽《けんさん》を積み県指定無形文化財歌劇保持者（地謡）、古典音楽野村流師範、同伝承者資格認定を受けており、琉球新報社主催・古典芸能コンクール古典音楽新人賞部門の審査員を務めている。

俗に言うテレビ向きの容貌《ようぼう》ではないと噂《うわさ》する輩《やから》もいるが、ラジオの生番組では、制作者側のいかなる歌の要望にも即座に応えられる歌者のひとりである。

羨望受ける人生の達人

*山里 勇吉さん

先月十月三日、八五歳のトゥシビー祝いを那覇市内のホテルで盛大に催した。

大正十四年四月一日、八重山は大浜村白保(現石垣市)に生まれた。戦時中は、東京品川の軍需工場で戦闘機のベアリング製造に励み、お国に滅私奉公。戦後は白保に帰り、農業に従事していたが「鍬《くわ》や鎌《かま》を持つより三線を持つ時間のほうが長かった」と本人は苦笑する。

RBCラジオの「のど自慢」をきっかけに民謡一筋の道に入り、八重山民謡を県下のみならず全国的にした功績は大きい。ここ三〇年余は、社会福祉事業に関心を示して芸能公演を積極的に開催。その功績によって県や那覇市などから数々の表彰を受けて、すっかり「福祉男」と敬称されている。

勇吉さん宅に寝泊まりした日々は多く、ユンタ・ジラバ・アヨウを学んだ。長身、細身の伊達男だけに艶聞《しゅうぶん》も多々。男として、羨望《せんぼう》せざるを得ない人生の達人だ。

沖縄芸能界の花

＊伊良波 さゆきさん

父は沖縄芝居の二枚目男優・故伊良波晃、叔母は人気女優・伊良波冴子。さらに祖父は琉球歌劇作りの名人にして、名優の名を誇った故伊良波尹吉とあっては、生まれながらにして芸道へのレールは敷かれていたと言えよう。

しかし、それが重荷になったのも事実。若い彼女には、昨今の沖縄芝居の流れには乗れない感覚があって一時、芸道を離れたこともあったが、そこは血統。諸々の苦悩を吹っ切って、琉球舞踊の最高賞を取得。一方では、琉球歌劇保存会に属して数々の旧作・新作に出演。並々ならぬ意欲を発揮している。

幼いころから見知っているよしみで「恋人は出来たかい」と、かまを掛けると「えゝ、まあ……」と、笑顔が返ってきた。沖縄国際大学総合文化学科卒業。昭和五七年生まれ。沖縄芸能界に、またひとつ美しい花が咲いた。

「勝敗がすべてではない」

＊大野 倫さん

「野球は一人では出来ない。人もまた、一人では生きられない」。九州共立大学職員として福岡と沖縄を往来、出身地うるま市具志川を中心に、近隣する市外を含めた中学校の少年野球チーム「オールうるまボーイズ」を熱血指導している大野倫さん。沖縄水産高校時代、名監督故栽弘義氏のもと二年生で外野手、三年生ではエースとして夏の甲子園で活躍。沖縄の高校野球のレベルの高さを全国的に知らしめた功労者の一人と言えよう。

九州共立大学に進学して卒業。一九九五年、プロ野球読売巨人軍に入団。のちにダイエーホークスに移籍。二〇〇二年に現役を引退しているが、野球への想いは三六歳になったいまなお大現役。

「野球は勝敗がすべてではない。ルールを実社会のそれと同一視できる少年たちを育てたい」。恩師栽弘義直伝の理念を熱く語る大野倫。週一度は対面しているが、野球談議のおりの彼の目は、強打者と対決する現役時代と変わらず鋭い。

具志川訛りの快男児

＊福原 兼治さん

週に一度、同好の士が集まって開いている「ことばの勉強会」のメンバーだ。沖縄口を普通に話せるようになろうと、共通語生活をしてきた面々が悪戦苦闘している。福原兼治（五八）は、ある程度「沖縄口」を持ち合わせているが、これがまた具志川訛りを色濃く身につけていて快い会話ができる。彼のグシチャー・ジョークの連発も特異で楽しい。職業は沖縄市消防本部警備課消防司令。人命財産にかかわる要職にあるが、その緊張の連日を支えているのは愛妻美枝さん。書家で教室を開いている。

「妻の書を見るのが何よりの癒やし」。

手放しでそう言い、妻女の存在をことさら強調するが、このことは恐妻家の裏返しのようにも受け取れる。例の具志川訛りのジョークを交えての色ばなしに興じる仲間。硬軟使い分ける福原兼治は、なかなかの生き方をしている。

笑顔がいい

＊高見 知佳さん

笑顔がいい。人をそらさない話しぶりがいい。その資質は、もちろん両親からいただいたDNAによるのだろうが一見、華やかでも裏は厳しい芸能界を懸命に泳ぎ抜く中で培われてきたと思われる。

歌手、女優、タレントの呼称に溺れず、いまなおラジオ、テレビで自己表現を続けていることにも、彼女の芯の強さを感じる。

後ろ向きの生き方ができない女性と見た。ラジオ番組収録で毎週木曜日に顔を合わせる。テレビCMでも笑顔に逢う。画面に「よッ!」と声を掛けたりもする。ひょっとすると、惚れてしまったのかも知れない。「お酒は?」「好きですよ」「近々、一杯やろう」なぞと都度言ってはいるが、まだ実現をみていない。

読谷と北谷で夫君マーク・エスパーザさんとレストランを経営する一方、各地での講演活動など多忙な毎日のようだ。沖縄暮らし七年。愛媛県新居浜市出身。本名高橋房代。

素朴な「若者」

＊伊波 大志くん

沖縄の土の温もりを感じさせる二五歳の好青年。声質が二五歳のころの「オレの声に似ている」。たったそれだけの思い込みで親近感を覚え、つき合うようになった。

うるま市石川、伊波の青年会長。エイサーや地域の美化活動をする一方、実家では貴花形、貴花天孫王、新春王と号する闘牛を飼育、各地の闘牛場を転戦している。闘牛ばなしになると大志くんの目は輝く。

「牛の眼は戦う場と普段ではまったく異なる。己がいつなんどき何をすべきかを知っている。その眼からボクは、多くのことを学んでいるのです」

あくまでも熱っぽい話ぶりだ。このことをふくめて、いまどきの二五歳にしては素朴な「若者」を感じることができるのだ。時流、流行に染まらず正面から「沖縄」に向き合っている姿勢が好きだ。

しかし、酒に弱いのは修業足らずで手応えに欠ける。ことばの勉強会の仲間のひとり。

人をそらさない人柄

＊池宮　繁子さん

以前は逢えば息子や娘の話をよくしたが、最近はどうだ。おたがい孫ばなしに終始している。いくつかの本の貸し借りをしあっているものの、彼女は日本児童文学者協会沖縄支部長。こなた系統立てのない乱読者。彼女の純粋な文学論に茶々ばかり入れている。それでも倦《う》むことなく、私の知ったかぶり沖縄ばなしに付き合ってくれる〝いい人〟この上もない。

最近、お仲間と『沖縄戦・小さな命の物語〝のりひで〟』を出版している。語るように書いた内容の濃い反戦童話である。彼女は点字訳をはじめ福祉活動をする傍ら、息子と共に太極拳に打ち込む健康婦人。笑うと瞳が確認できない。小柄の躰のどこにあのバイタリティーがあるのかを実感する。

人をそらさない人柄ながら、家庭ではちょっと恐い肝っ玉かあさんだそうな。筆名池宮城けい。

橋桁の一本になって

＊比嘉 康春さん

ひと回りほど年齢差がある。彼が師匠故安富祖竹久師に付き、師の三線や衣装ケースを持ってお供していているころは「ヤスハル」とか「やすはる君」と呼んでいたが、いまは「康春さん」もしくは、公的な場や彼の弟子たち同席の場合は「康春先生」にしている。

このことを本人は照れるが、古典音楽界の第一線にあり、沖縄県立芸術大学琉球芸能専攻教授の要職にある以上、後輩でも敬意を表さなければならないと心得ている。

「五〇〇年、三〇〇年も前の音楽文化を二〇歳前後の人たちに伝えるのは難しい。三線技術以前に、言葉が立ちはだかる。しかし、私も先人たちが架けた橋を渡ってここまできた。今度は、私が橋、いや、橋桁《はしげた》の一本になって若者たちを渡さなければならない」

あくまでも熱っぽい語り口。たまには、そこいらから離れて、世間ばなしでもしようよ康春君。

会話が「癒やし」になる

＊佐渡山 美智子さん

彼女の母米子さんが高校時代の一期先輩なのもあって、美智子さんと親しい会話を交わすに、そう時間はついやさなかった。気の長い男と短い男のやりとりで纏《まと》めた落語に「長短」があるが、せっかちな私に対して彼女は至極のんびり屋。口調もゆったりしている。それでも会話が成立しているのは、母米子さんとは逆に、私が何期か先輩だからだろう。

沖縄国際大学国文学科を卒業して琉球放送入り。テレビの報道番組やラジオのパーソナリティーをこなしてきた。現在はフリーで諸々の講座の講師、講演、司会など多忙のようだ。いつ逢ってもにこやかなのがいい。のんびりした話しぶりもいい。あたり構わずガサツに生きている私には、彼女との会話が時にはたまらない「癒やし」になる。長男大学四年生、次男中学三年生。ばりばりのアラフォーである。

世間には〝逆出逢い〟も

＊具志 幸大さん

「芸能好きの祖母っ子だったボクは五、六歳のころから島うたや芝居が日常的に側にあり嘉手苅林昌、糸数カメ、伊波貞子さんらの名前が頭に刷り込まれていた。また、毎日のように午後三時のラジオの民謡番組を祖母と聞き、担当者上原直彦の名との出逢いも古く、他人とは思えません」

目を輝かせて語る具志幸大君。私が会話するようになって三年ほどにしかならないが、世の中には先方がこちらを先に知っている〝逆出逢い〟もあるようで因縁めく。

彼は生活環境の自然に逆らわず歌三線、舞踊に親しみ、いずれも琉球新報・琉球古典芸能コンクールの最高賞を得ている。県立芸術大学修士課程を修了、中高校教諭専修免許(音楽)を取得していて、沖縄の芸能もこうした諸々の有資格者の活躍が表立ってくるのだろう。最近、彼と接する機会が多い。長い付き合いになるに違いない三三歳だ。

半世紀続くチョウデービレー

＊八木政男、北島角子 両人

もう知人友人・先輩後輩の域を出ている。はじめはラジオ・テレビの仕事を通しての出逢いだが、現在でも週に最少二回は逢い、それを半世紀近く続けている。私にとって御両人は、もはや役者、タレントではなくチョウデービレー（兄弟つき合い）なのである。

小遣い程度の貸し借りは勿論のこと、ンース・マース（味噌、塩）のそれまでしている。実際の話、実の兄、姉に逢うのはまれでも、両人とは月に八回以上は顔を合わせている。他人ではなかろう。芸能の現役実演者である両人からどれだけ多くのことを学んだことか。それはいまも変わらないし、これからもそうであるに相違ない。

喜怒哀楽、さまざまなことを共有してきた。かと言って、堅苦しいつきあいではない。ごく普通に〝不思議な縁〟を楽しんでいる。

腐れ縁、悲運と心得

＊備瀬　善勝さん

高校時代に熱中し、新劇という言葉に酔いしれていたころの出逢いから、もう五〇年余。お互い必要としあっていまに至っている。

なにしろ相当な読書量で雑学の大家だ。世界の学者という学者および芸術家、政治家を一方的に知人扱いし、それらは県内外に及ぶ。彼の人脈にも驚かされる。相手本人だけならともかく、その人の縁故関係者まで知っていて（本当かなぁ）と私は、時たま疑う。

音楽プロデューサー、同評論家、作詞家、恐妻家、社長業、文化団体役員エトセトラ。いくつの顔を持っていることか。ただ、飲酒すると自分が誰なのか喪失する癖がある。その中でも社会評論の高説を展開するのには正直辟易《へきへき》。そんな場合私は、四、五〇年前の壊れかけたステレオ機器の音声と理解して、真剣には聞かない。

腐れ縁の極致だが、これは課せられた悲運と心得て、これからも付き合う。

あなたの子でよかった

＊上原 直實・カマドのこと

長男直勝を筆頭に長女とみ・直繁・直喜・直政・愛子・由子・春子、そして私を生み育てた両親である。しかし、長男は上海沖、次男はビルマ戦線で戦死。これが両親には耐えられない心痛であった。両親もすでに逝き、加えて三男四男、さらに長女も三女も親・祖父母のもとへ行った。残るのは次女と四女の姉ふたりとウッチラー（末っ子）の私のみ。私自身には子、孫がいて幸福をかみしめている。母カマドはそうでもないが、父直實は嫁も婿も知らず、まして孫、曾孫の顔も見ず早逝している。子としてはこのことが悔しい。戦世を恨まなければならない。

この連載の最終章に両親を登場させて〝あなたたちの子に生まれてよかった〟と結ぶのは、浪花節に過ぎる。しかし、自分が歳を重ねるにつけ、ますますそのことを実感するのである。

あとがきにかえて

放送キャスター以前

放送キャスター以前／あの頃のことなど

「キミたちは、アカだそうだね」

昭和三二年。琉球新報社二階応接間。そう言ったのは、池宮城秀意編集局長。入社試験の口頭試問の場であった。いきなりの試問に面くらったのは、十九歳の上原直彦と近田洋一。「キミたちは、アカだそうだね」。つまり、左がかっているとの情報が入っていたのだろう。

思い当たることはあった。石川高校時代、数学教師を要求してストライキを打ち、高校生の立場から「土地問題を考える会」を立ち上げて、「四原則貫徹」をかかげ、那覇高校における総決起大会や伊佐浜の強制接収に反対して現地での坐り込みに参加していたことが〝アカ〟とみなされたのだろう。ストライキの際は、琉球新報社会部市村彦二記者の取材を受け、写真入りの記事が掲載されたのも〝アカ〟に拍車をかけたようだ。

他の同級生たちが、琉球大学や本土の大学への進学を目指しているのに対して、近田と上原は家庭の経済状況から「進学を断念しよう」と、結論を出していた。しかし、この理屈には裏がある。近田は美術、上原は演劇に夢中の三年間で、受験勉強には背を向けていたというのが真相だ。

「友人たちが四年間勉強している間、ふたりは実社会で勉強しよう。そして、彼らが卒業して帰ってきたら、その時点をスタートラインにすればいい」

これまた立派な屁理屈に得心して、新聞記者募集に応募したのである

「キミたちは、アカだそうだね」には、ちょっと戸惑ったが即座に答えた。「異民族の支配下にある沖縄。左がかっていない者には、新聞記者は勤まらないと思います」。鼻の下に品よくおさまったヒゲをうごめかし、苦笑ともいえる口もとから出た言葉は「合格」。中一日おいて、近田は中部支社、上原は本社社会部に配属された。辞令に記された給料は一六〇〇B円。那覇市美栄橋の二階建て本社(現沖縄銀行本店)に出社した上原の失態は、初日に起きた。

新米にこれといった仕事があるはずはない。それでも上原は(いいところを見せよう)とバケツと雑巾を持ち出して、すでに取材先へ行っている先輩記者たちの乱雑極まりない

机上をキレイに片づけ、拭き掃除をした。締め切り前、早足に帰社した下地寛信記者の声が編集局内に響いたのはそのときだ。

「オレの机の上をさわったのは誰だッ」。「ハイッ」。ほめてもらえるものと挙手したのだが、事態はうまくはいかない。「バカヤロウッ！ 勝手にモノをさわるなっ。資料がどこへいったかわからないじゃないかっ」。上原の目には〝乱雑〟にしか映らない机上も、下地記者にとっては〝整然〟だったのだ。

国会をはじめ、国内外のニュースは「カタカナ電報」で入ってくる時代。上原の仕事はその電文を訳することから始まった。ここでも大トチリをする。なにしろ電文すべてがカタカナとあって、辞典片手の作業になる。その日入ってきたのは東京総局からの電文。日米問題を扱った記事だが、その中に「マタイシハツギノヨウニカタッタ」とある。

「次のように語った」は分かったが、さて「マタイシ」が理解できない。語ったのだから〔人物〕であることは推察できた。しかし、いかなる地位にある人物なのかが判然としない。思案投げ首、熟考した挙句、ひらめいた。「これは、〈マタイ〉という人物で、『シ』は敬称に違いない」。そこで「マタイ氏は次のように語った」と訳して出稿した。

翌日の朝刊のトップはその記事だった。電文とはいえ、自分が訳した記事がトップを飾っている。意気揚々、出社すると、池宮城編集局長が渋い顔で新聞を広げている。「この記事を訳したのはキミか」。上原はすかさず「ハイッー」、しかし、次なる言葉は「バカモン！　なにが〝マタイ氏〟だ。これは、マッカーサー大使の略だっ」。打ちのめされたのは言を待たない。

「マタイ氏事件」の日の担当だった仲本政基デスクは、池宮城編集局長に「昨日今日入りたての若僧の電文訳を校正もせず掲載するとはなにごとだっ」と、叱責されたよしを後日知った。このことの謝罪を仲本デスクにしたところ、仲本デスクはニッコリするだけで特別の言葉はなかった。

仲本政基、長嶺一郎、外間正四郎、市村彦二、嘉手川重喜、下地寛信、又吉政功、徳田安周、仲村博、山田弘、知念良寿……。先輩に迷惑をかけっぱなしの二年間だった。

昭和三四年六月三〇日の石川市宮森小学校に起きた米空軍ジェット機墜落事故を近田洋一、森口豁らと取材したのを最後として、その年の十月には琉球放送に移るが、そのときも「もうすぐ、ラジオ沖縄が開局する。そこへ行ったらどうだ」との池宮城編集局長の声があったが、上原は黙して転出した。

こうして、かつてのことを書いたのは、これから月二回、本紙に拙文を寄せることになったからだ。どういう経歴の者の拙文なのかを知ってもらえば読み流していただけるのではないか。これまた極楽トンボの思い込み。創立百十五年の琉球新報社の歴史の中のほんの「テン」にすぎない在籍の者の拙文。笑続いただければ望外である。（敬称略）

（二〇〇八年六月五日　琉球新報掲載）

＊＊＊　＊＊＊　＊＊＊　＊＊＊

これは連載を始めるにあたり、新聞読者の方々への挨拶として掲載した文章である。結局二年間にわたり、古巣の紙面で遊ばさせてもらった。筆の走るままに任せた本論からの脱線、道草にお付き合いいただいた読者の方々には感謝するしかない。しかしこうして一冊の本としてまとめてみると、うちなぁ三昧の旅もなかなか楽しいものだと思う。旅の記憶は、少したってから思い出すのがいいようだ。

毎回RBC・iラジオのスタジオまで原稿を取りにきてもらった琉球新報文化部長の宮城修さんには、本書ではありがたい「序」の文章までいただいた。また連載中の写真に加え、本にまとめるにあたって貴重な作品を提供していただいたカメラマンの國吉和夫さん、前書『琉歌百景』（ボーダーインク刊）に続き校正を手伝っていただいた大谷高子さん、と本書をまとめるにあたって多くの方々にお世話になった。それぞれに厚く御礼を申し上げたい。

二〇一二年辰年　著者記

紫煙とともに　撮影　國吉和夫

上原直彦　うえはら　なおひこ

昭和十三年（１９３８）那覇市垣花生まれ。琉球新報社記者を経て琉球放送入社。役員待遇ラジオ局長を務め、平成十年退職。現在もプロデューサー及びキャスターとして、ラジオ番組「民謡で今日拝なびら」（１９６１年スタート）「ふるさとの古典」などをレギュラーで担当。島うたの作詞家、郷土劇の脚本家としても長年にわたり活動を続けている。「ゆかる日まさる日・さんしんの日」を平成四年に提唱し現在も継続中。北村三郎・芝居塾「ばん」学長。著作『島うたの周辺・ふるさとバンザイ』『浮世真ん中』『琉歌百景』など、脚本「辻騒動記　女の戦争」「琉球粋人伝　渡嘉敷ぺーくー物語」など、作詞「やっちー」「丘の一本松」「遊び仲風」「はーえーゴンゴン」など多数。

随筆・巷ばなし
うちなぁ筆先三昧

二〇一二年二月二十日　初版第一刷発行

著者　上原　直彦
発行者　宮城　正勝

発行所　(有)ボーダーインク
沖縄県那覇市与儀226-3
http://www.borderink.com
tel 098-835-2777
fax 098-835-2840

印刷所　近代美術

JSRAC 出1200378-201

ISBN978-4-89982-218-9